지하실의 새

지하실의 새

제1판 1쇄 2024년 5월 22일

지은이 김은채
펴낸이 이경재
책임편집 비비안 정

펴낸곳 도서출판 델피노
등록 2016년 8월 11일 제2020-000082호
주소 서울시 양천구 신정중앙로 86, 덕산빌딩 5층
전화 070-8095-2425
팩스 0505-947-5494
이메일 delpinobooks@naver.com
ISBN 979-11-91459-82-1 (03810)

김은채 장편소설

지하실의 새

델피노

차례

1.

쥐도 새도 모를 새

가장 선두에 서는 새는 어떻게 정해지는 걸까? 회색 빌딩 사이로 새 떼가 날아가고 있었다. 인위적이고 정갈한 'ㅅ'을 그리는 비행, 가장 맨 뒤에 있는 새가 눈에 들어왔다. 뒤쳐져도 무리에서 떨어져 나가도 아무도 모를 새. 거기에 있다는 걸 아무도 모르는 그런 새. 나는 꽤 자주 그런 새가 되는 꿈을 꾼다.

　빌딩 숲 사이에 오도카니 서 있었다. 길을 잃은 건 아니다. 찾지 못하고 있었을 뿐이다. 전달받은 주소가 있지만 도통 밖을 나오지 않는 나 같은 놈에게 이런 주소는 참 쓸모가 없다. 지하철역, 간판 이름, 건물 색깔 같은 것이 나에게 오히려 정확한 좌표다. 스마트폰 하나 제대로 쓸 줄도 모르는 이런 나를 누가 20대라고 믿겠느냐마는 나는 28살이 맞다. 내가 아는 바로는.

　"꺄악!"

　내 앞에 앞서가던 여자 둘이 비둘기 한 마리에 질겁해 소리를 질렀다. 속으로 한숨을 내쉬었다. 사실 놀란 건 저 비둘기일 텐데, 저들은 특별한 이유도 모르고 매 순간 혐오를 듣고 있다. 평화의 상징이었던 그들이 혐오의 대상으로 곤두박질쳐져 억울한 마음이 나에게까지 전해졌다.

'그래서 그 사무실이 어딘데……' 하고 슬슬 짜증이 올라올 때쯤 날아가는 비둘기를 좇아 고개를 들었다. 덕분에 찾고 있던 사무실을 발견했다. [변호사 최강운] 어떠한 특징도, 부제목도 없는 참으로 무심한 간판. 굳이 찾은 수식어는 [3F]였다. 아까 날아오른 비둘기들도 변호사 사무실 근처 전신주에 나보다 먼저 올라가 자리 잡고 앉아 있었다.

"김하진 님 맞으시죠?"

사무실 여직원이 나를 보더니 이름을 재차 확인했다. 나는 대답 대신 고개를 끄덕였다.

"아, 죄송합니다. 성함만 보고 여성분인 줄 알았어요."

매번 듣는 오해다. 지치도록 들어서 이제 이름의 수식어 같은 게 되어 버렸다. '3층 변호사를 찾아온 여성분인 줄 안 김하진'이라. 장난스런 문장이 생각나 나도 모르게 피식 해버렸다.

"앞에 면담이 좀 늦어지고 있어서요. 여기 대기실에서 조금만 기다려 주세요."

"……."

다행히 웃는 걸 들키지 않았다. 여직원은 사무실 가운데 있는 소파로 안내했다. 그리고 곧바로 차를 내어주었다. 작은 사무실인데 대기실도 갖추고 있다니, 조금 감탄스러웠다. 여직원이 내어준 차를 어색하게 홀짝이며 눈동자를 굴렸다. 대충 18평 정도 돼 보이는 사무실, 잠금장치가 있는 캐비닛 네댓 개가 사무실 벽을 둘러싸고 있었다. 그리고 책상 2개는 직원 책상 같았다. 여직원은 밖에서 택배 상자를 들고 들어와 한 책상 위에 올려 두었다. 그리고 커터 칼을 꺼냈다.

"티-디디딕"

커터칼을 밀어 올릴 때 나는 일관되고 경쾌한 소리, 나에게는 가장 자극적인 소리이다. 그다음 어김없이 들려오는 날카로운 소음, 잔뜩 날을 세운 칼이 종이를 가로지르는 소리와 함께 나도 현실에서 잘려 나간다. 아, 이래서 밖에 나오지 않으려 했는데…….

입 안에 씁쓸한 차 맛이 사라졌다. 대신 시척지근한 피 맛이 밀고 들어왔다. 숙성된 피 맛이었다. 조금 시간이 지난 듯했다. 비록 꿈속이지만 소름 끼치게 선명한 감각은 이제 얄밉기까지 했다. 꿈에서 까마귀가 될 때면 반드시 시체를 취하게 돼서, 비위를 단단히 하지 않으면 안됐다. 그들이 되었을 때가 가장 고단하다. 하지만 가장 '나'답다. 나는 그들과 닮았다.

"까아악! 까아악! 까아악! 까아악!"

네 번 울었다. 이제 곧 높은 곳으로 날아오를 거란 예고. 지금은 어둡지만, 곧 내 입에 들어온 이 시큰한 피의 주인이 누구인지 볼 수 있을 것 같다. 이번 꿈속에서는 또 무엇을 보게 될까. 이것이 두려움인지 기대인지 여태껏 정의하지 못하고 날개를 펼쳤다.

"워! 워!"

마침 자리를 피하려고 하는데, 누군가가 나를 방해꾼 취급을 했다.

"이 거머리 같은 새끼! 망할, 저리 안 꺼져?!"

또 그다. 시체의 '주인'이 나타났다. 그를 피해 멀리 자리를 잡고 앉았다. 그는 어김없이 주머니에서 칼을 꺼내 칼 손잡이가 아닌 칼 등을 감싸 쥐었다. 그리고 시체를 잠깐 내려다보고는 그 옆에 무릎 꿇고 앉았다. 죽은 자를 위해 기도라도 하는 것일까? 아니다. 그는 절대 그럴 사람이 아니다. 그는 시체의 팔을 들어 겨드랑이 안쪽에 칼을 세우고 팔목까지 쉬지 않고 그었다. 작업을 시작하자 그의 숨은 점점 거칠어졌다. 희미하게 다른 소리도 섞여 들렸다. 꿈속에서는 유난히 모든 감각이 예민해져 더 많은 것을 느낄 수 있었다, 오직 그의 얼굴만 빼고. 다음으로 그는 시체의 목으로 칼을 가지고 갔다. 그리고 지퍼를 내리듯 목에서부터 배꼽까지 그어 내렸다. 이번엔 아주 천천히 칼질을 했다. 그의 손은 마치 지휘자의 손 같았다. 그때 또 다른 소리가 들렸다. 신음 소리였다. 하지만 이제와 시체가 신음할 리가 없었다. 칼을 든 그는 쉬지 않고 다음을 또 다음을 이어 나갔다. 마치 옷을 벗겨내듯 피부 위에 칼질을 해댔다. 그의 정교한 손작업에 취해 나도 모르게 입에 남은 시체 잔여물을 삼켜버렸다.

"김하……! ……하진 님?! 김하진 님!!"

다급한 목소리가 귀에 꽂혔다. 입에는 역한 피 맛이 사라지고 다시 쑵쓸한 차 맛이 났다. 밝은 형광등에 적응이 안 돼서 한참 동안 눈을 뜨지 못하고 인상을 심하게 찡그렸다.

"괜찮으세요?! 아무리 깨워도 안 일어나셔서 숨도 제대로 못 쉬시고 그래서 기절하신 줄 알고……."

조금 전까지 지독한 악몽에 시달린 것은 나인데, 여직원이 더 사색이 되어 있었다.

"괜찮으세요? 숨은 쉴 수 있으세요? 구급차 불러 드릴까요?"

여전히 호들갑인 여직원을 말렸다. 그녀는 당황스럽겠지만, 나에겐 익숙한 일이었다.

"괘, 괜찮아요. 정말……."

그때 안쪽 방문이 열렸다. 두 사람이 나오는데, 한눈에 누가 변호사인지 알 수 있었다.

"네, 말씀드렸던 서류를 먼저 보내주시면 검토해 보겠습니다. 살펴 가세요."

40대 초중반에 점잖아 보이는 외모, 별다른 치장을 하지 않았는데도 단정해 보였다. 그는 의뢰인을 예의 있게 배웅하고 나서야 나에게 인사를 했다.

"안녕하세요. 다음 의뢰인이시죠? 김하진 작가님."

적당한 미소와 과하지도 덜하지도 않은 친절함, 그는 '매너' 자체를 입은 것 같았다. 하지만 그 모든 게 너무 적당해서 어색하게 느껴졌다.

"근데 몸이 좀 안 좋으신 거 같아요. 조금 전까지 숨을 제대로 못

쉬셔서……."

나는 여직원의 입을 막으려고 무심결에 그녀의 손목을 잡아당겼다. 그리고 화들짝 놀라 바로 손을 거뒀다.

"면담은 다음으로 미뤄도 됩니다. 그래도 먼 걸음 하셨으니, 오늘 면담하시는 게 어떠세요? 10분 정도 쉬고 시작하셔도 괜찮습니다."

이쪽 둘은 여전히 우왕좌왕하고 있는데, 최강운 변호사는 평온했다. 연결해준 출판사에서 형사 출신 변호사라고 해서 다소 거친 면이 있을 거라고 생각했는데, 생각한 것과 많이 달랐다. 하지만 나도 그가 생각한 것과 상당히 다른 얘기를 할 예정이었다.

"윽…… 여, 여기 화장실이 어디죠?"

뒤늦게 통증이 몰려왔다. 최강운 변호사는 앞서 의뢰인을 배웅하던 문을 다시 열어 나를 안내했다. 나는 그가 안내하는 손 방향을 따라 급하게 달려 나갔다.

화장실에 들어가자마자 아무 칸에 뛰어들어 갔다. 그리고 변기를 부여잡고 속에 있는 것들을 게워냈다. 명치부터 목젖까지 뻐근함이 느껴졌지만, 머릿속이 하얘지니 되려 편안했다. 그렇게 속에 있는 것을 어느 정도 쏟아내고 나서 변기에서 묻어나는 찐득함에 두 번째 토악질을 했다. 이제는 쏟아낼 것이 없을 법도 한데 꿈속에서 내가, 아니 새가 된 내가 쪼아 대던 시체의 장기들이 아른거렸다. 그래서 세 번째 토악질을 했다. 꿈속에서 쪼아 댄 장기들이 쏟아져 나오는 것 같았다. 육신의 불안은 어느 정도 게워냈지만,

　　　　　　　　　　　　　　　　　지하실의 새

마음의 불안은 좀처럼 잦아들지 않았다. 그렇게 세 번 쏟아내고 나서야 겨우 일어섰다. 그리고 거울 앞에 섰다. 거울을 보는 것도 순서 중 하나이다. 그 다음 순서는 필수가 아니라 선택이다. 하지만 참는 것이 늘 쉽지 않다. 결국 습관처럼 주머니에 손을 가져갔다. 꼴에 참아보겠다고 주머니에 손을 넣지 않고 그 겉에만 만지작거렸다. 하지만 기어코 주머니에 손을 넣어 작은 칼을 꺼냈다. 시동이 걸리자 물살을 탄듯 손을 움직였다. 옷소매를 어깨까지 잔뜩 걷어 올리고, 팔뚝 안쪽에 칼날을 세웠다. 아까 꿈속의 작업이 생각났다. 머리를 좌우로 세게 흔들고 다시 칼을 세웠다. 피부를 뚫고 들어오는 칼의 느낌, 소름 돋는 칼의 경로, 핏방울이 맺히는 따끔거림이 느껴졌다. 그 고통들이 있어야 비로소 불안에 마침표가 찍혔다. '이제 그 꿈속이 아니야.'하고 피가 돌고, 정신이 들었다. 머리가 개운하고, 눈앞이 깨끗해졌다. 이래서 이걸 멈출 수가 없다. 한결 개운해진 머리로 고개를 돌리자 거울 왼쪽 구석에 붙어있는 스티커 하나가 눈에 들어왔다.

[보고 싶은 사람 찾아드립니다.]

노란색 배경에 고딕체의 검은색과 빨간색 글씨. 참기 힘든 촌스러움이 나의 시선을 빼앗았다. 심지어 '아직도 저런 게 있다고?'하고 피식하고 웃음이 났다. 아, 이건가? 올라간 입꼬리에 뒤늦게 촌스러운 탐정 사무소의 전략일 수도 있겠다 싶었다. 이게 진짜라면 꽤 실력 있는 곳일지도 모르겠다. 촌스러운 스티커 하단에는 '동창, 가족, 애인'을 찾아 준다는 말과 함께 '불륜 전문'이라는 글씨도 보였다. 이걸 성실히 읽고 있는 나도 이해가 되지 않지만, 문구 자체도 이해할 수 없었다. 나를 찾지 않는 상대를 왜 구태여 찾으려 하는 걸까? 나는 고개를 저으며 옷소매를 다시 내렸다.

사무실로 돌아오니 내가 앉아 있던 대기실 소파에서 변호사가 기다리고 있었다. 나를 기다리고 있는 그를 보고 다시 주춤했다. 마지막 순서가 아직 남았기 때문이다.

"자, 잠깐만……."

나는 말을 다 맺지도 않고 허겁지겁 가방에서 수첩을 꺼냈다. 그리고 꿈속에서 본 것들을 적었다. 화장실에서 속을 게워낸 것처럼 종이 위에 게워냈다. 딜레마다. 내 살을 해쳐대며 꿈을 떨쳐 내려고 발악을 하면서 동시에 그것을 잊기 전에 기록했다. 하지만 어쩔 수 없었다. 나는 그 꿈속 이야기로 먹고사는 작가였고 그 한 장이 나의 소중한 먹거리였다.

내 의지와 상관없이 맛부터 느꼈다. 피와 살이 동시에 입에 들어왔다. 내가 인간으로서 먹어본 고기들과 다른 맛이었다. 그는 이번에도 칼을 다뤘다. 그의 손에서 시체의 피부는 한 장의 옷에 불과했다. 그렇게 쉽게 벗겨냈다. 시간이 지난 시체의 피는 평소보다 더 비리고, 축축하고 역했다.

기어코 해낸 잔인한 복기, 이번 꿈은 꿈속 눅진했던 피처럼 쉽게 떨쳐지지 않을 것 같았다. 그러면서도 목격한 것이 많지 않다는 것을 탄식했다. 아아, 딜레마다. 그럼에도 꾸역꾸역 꿈속에서 느낀 것들을 최대한 적었다. 그중에는 아름다운 단어는 조금도 보이지 않았다. 내 글에는 단 한 번도 유쾌한 단어가 포함된 적이 없었다. 그 때문일까? 꿈이 끝나고 나면 한동안 출처 없는 찝찝함과 죄의식에서 벗어나지 못했다. 그래서 내 유일한 꿈은 '꿈을 꾸지 않는 게 꿈'이다. 나는 새가 되는 꿈을 꾼다. 바라건대 이 꿈을, 나의 악몽의 날개를 누군가 꺾어 주길 바란다.

정신 나간 사람처럼 분주한 것을 끝내고, 앞에 최강운 변호사가 한참을 기다리고 있었음을 깨달았다. 뒤늦게 눈치를 살피는데, 그는 변함없이 평온해 보였다. 누구도 무어라 한마디 하지 않았는데도 지레 겁먹고 긴장을 했다.

"김하진 작가님."

"마, 맞아요. 제가 김하……!"

"출판사 담당자분에게는 간단하게 전달 받았습니다. 악성 루머를 고소하고 싶으시다고요."

긴장한 탓에 대답을 서둘렀다. 그도 내 이름 확인하려는 줄 알았다. 하지만 아니었다. 그냥 고개를 끄덕일 걸 그랬다. 스스로의 멍청함에 고개를 숙였다.

"민망해하실 필요 없습니다. 뭐, 작가님처럼 유명한 분이라면 루머 하나쯤 있을 수 있죠. 부담 갖지 마시고 편하게 얘기해 주세요."

아니, 민망한 게 아니다. 어서 설명이든 해명이든 하고 싶은데, 막상 얘기를 하려니 입이 잘 떨어지지 않았다. 하지만 그도 나에게 말을 시켜 놓고는 서류만 살폈다. 아마 나를 기다려 주는 것 같았다. 그의 배려에 조금 여유를 찾으려고 습관처럼 방 안을 살폈다. 그때 책상 위에 한 손에 쥘 정도 크기에 정의의 여신상이 눈에 들어왔다. 정의의 여신 디케, 그녀는 어째서인지 등을 돌리고 있었다. 하지만 어김없이 한 손에 저울과 다른 한 손에는 칼을 들고 있었다. 정의를 추구하는 그에게 이 얘기를 해도 될까? 다시 심장이 빠르게 뛰기 시작했다.

최강운 변호사가 서류를 뒤적이다가 갑자기 한 문장을 읽었다.

"28세, 젊지만 농익은 피의 이야기를 그려내는 스릴러계의 아이돌⋯⋯."

"⋯⋯."

과하다 싶을 정도로 부담스러운 수식어, 출판사에서 붙여준 것이다. 덕분에 빠르게 뛰던 심장이 다시 식었다. 호의든 악의든 나 같은 은둔형 글쟁이가 대중의 관심을 받는 건 분명 황송한 일이다. 하지만 '음, 당신 취향이 아니군요. 그럼 읽지 않으셔도 됩니다.'라고 넘겨버리기에는 점점 수위 높은 게시글들이 떠돌기 시작했다. 그중엔 어떤 거친 말이 없어도 분명한 악의가 담긴 것도 있었다. 그게 오늘 내가 이 사무실에 찾아온 이유이자, 이유가 아니다.

"작가는 살인자다."

최강운 변호사가 또 다른 문장을 읽었다. 자극적인 문장을 그는 덤덤하게 읽었다.

"김하진 작가의 글은 자신이 직접 살인을 저지르고 쓴 살인 기록이다. 그가 서술하는 잔인한 묘사들은 직접⋯⋯."

"그, 그만⋯⋯!"

나는 어눌한 목소리에 힘을 주어 그의 입을 막았다. 이미 알고 있는 내용을 굳이 다시 듣고 싶지 않았다. 최강운 변호사는 내 쪽을 잠깐 바라보고는 다시 말을 이었다.

"작가님 팬카페에 게시했네요? 팬이 관심을 끌기 위해서 이러는 거 아닐까요? 이런 경우가 더러 있거든요."

글쟁이들의 팬은 그렇게까지 적극적이지 않다.

"그, 글쎄요. 뭣 때문에요? 그렇게 해서 얻는 게 뭐가 있다고. 자, 잠깐의 유흥으로는 재미있겠죠. 그래서 그런지 바, 발 없는 말 주제에 쓸데없이 빨라서는 사람들이⋯⋯"

"믿는군요, 사람들이 이 루머를."

최강운 변호사는 내 말을 이어 말하듯 말했다. 나도 그의 말을 넘겨 받아 이어갔다.

"처, 처음엔 별거 아닌 루머였는데, 그것도 모이니 단단해져 버리더라고요. 그러니 그 근거가 없어도, 아니 그 자체가 근거가 되어 힘을 갖게 되고요."

"대중은 믿고 싶은 대로 믿으니까요. 그 재미를 마다할 이유가 없죠. 그렇게 흥을 타면 여론이 만들어지는 건 금방이고요. 네, 힘이 생기죠."

딱히 내 말에 공감을 해주는 건 아니지만 마치 공을 주고받듯 대화를 했다. 최강운 변호사는 서류를 뒤적거리더니 말했다.

"음……, 생각보다 양이 꽤 많은데요? 뭐, 작가님 유명세도 있으니까요. 그래도 이것도 관심 아니겠어요?"

그의 말에 나도 모르게 피식 웃었다. 그 작은 웃음에 최강운 변호사가 나를 쳐다봤다. 그가 또 오해할까 봐 서둘러 설명을 붙였다.

"추, 출판사도 비슷하게 얘기했어요."

이 일이 본격적으로 공론화되면 전보다 더 독자들이 몰려들 거다. 출판사 영업의 덫에 걸렸는지 모르고 너도나도 할 것 없이 지갑을 열 것이다. 그런 출판사의 전략은 영리하지만 나는 그것에 그다지 관심이 없다.

"…… 고소하려고 오신 게 아니군요."

최강운 변호사는 나를 잠깐 살피더니 말했다. 첫인상처럼 역시 그는 예리했다.

"네, 맞아요. 루, 루머는 어찌되던 상관없어요. 제, 제가 여기 온 건 알고 싶어서요, 소문의 출처를."

출판사에서 소개한 변호사가 최강운 변호사 한 명은 아니었다. 내 앞에 나열된 변호사 후보 중 그를 선택한 이유는 그가 형사 출신이었기 때문이었다.

"죄송하지만, 저는 탐정이 아닙니다. 심부름센터도 아니고요."

그는 이 자리를 끝맺으려는 듯 서류를 정리하기 시작했다. 나는 그를 붙잡듯 다급하게 다음 얘기를 꺼냈다.

"이, 이 소문이…… 저보다 저를 더 잘 알고 있어요. 그래서 저는 꼭 알아야 해요."

그는 이해할 수 없다는 표정으로 나를 쳐다봤다.

"무슨 말씀이시죠?"

"……."

"작가님을 살인자라고 하는 이 게시물이 작가님 본인보다 더 잘 안다고요? 그건 작가님이 살인자라는 얘기인가요?"

어떻게 설명을 시작해야 할지 몰라 입만 뻐끔거렸다. 그리고 말하기를 거두고 핸드폰에 캡처해둔 사진 한 장을 최강운 변호사에게 보여줬다.

[네가 누군지 알아.]

아주 짧은 게시물이었다. 더할 것도 덜 것도 없는 문장, 아마 뒤에 무궁무진하게 말을 더해 만들 수 있을 거다.

"이것뿐인가요?"

"네."

"음…… 묘하네요. 협박도 아니고 다른 루머처럼 딱히 작가님을 나쁘게 말하고 있는 것도 아니고요. 마치 '경고' 같기도 하고요."

최강운 변호사는 고개를 갸우뚱했다.

"유난히 이 글이 신경 쓰인 이유가 뭐죠?"

저 짧은 문장만큼이나 내 이유도 단순 명확했다. 하지만 바로 말하지 못하고 잠깐의 뜸을 들였다.

"제, 제가 기억상실이거든요."

"……."

최강운 변호사 얼굴엔 놀란 기색이 역력했다. 그의 표정 변화에 덩달아 긴장되어 침을 삼키고 다시 말을 이었다.

"이, 이 판도라의 상자에 든 게 뭔지 제가 먼저 열어봐야겠어요. 안에 든 게 재앙이라면 때에 따라서 정말…… 벼, 변호가 필요할 수도 있을 거 같아요."

"잠깐, 그럼 루머처럼 작가님이 진짜 살인자일 수도 있다는 말씀이신가요?"

"모, 모르겠어요."

긍정, 부정 그 어느 쪽도 확신의 말을 할 수 없었다. 나 자신에게 확신을 갖기엔 나사 몇 개를 분실했다. 아주 잠깐 정적이 흘렀다. 최강운 변호사는 일어나 문밖에 있는 여직원에게 말했다.

"도연 씨, 뒤에 일정 좀 조정 부탁드려요."

그리고 다시 내 맞은편에 와서 앉아 차분하게 말을 이어갔다.

"일단 들어보죠. 피해자가 될지 피의자가 될지 모르는 제 의뢰인을 위해 제가 어떤 것을 해야 하는지."

엄숙해진 그의 말에 나도 모르게 침을 삼켰다.

"일단 기억하고 계신 것만이라도 알려주세요. 정보는 많을수록 좋습니다. 사건을 중심으로 맥락을 알 수 있도록 알려주세요."

사무실 창문 밖에 앉아 있는 비둘기가 눈에 들어왔다. 그 비둘기를 보며 무겁게 입을 뗐다.

"저, 저는 말을 하는 것을 좋아하지 않아요. 보시다시피 최, 최강

지하실의 새

운 변호사님처럼 듣기 좋게 말할 수 어, 없거든요."

"최변 혹은 최 변호사라고 부르셔도 됩니다."

"네, 최 변호사님. 마, 말씀드린 것처럼 저는 기억이 온전하지 않아요. 10살 이전의 기억이 없거든요."

내 기억의 첫 줄은 보육원 수녀님이 내 손을 잡고 복도를 걸어가던 그때부터 시작한다. 내가 보육원에 들어간 것도 10살, 떠난 것도 10살이었다. 이전의 기억을 조금도 가지고 있지 않으면서 보육원에서의 짧은 생활은 기억하고 있다. 기억이 시작한 당시 나는 온몸에서 시궁창 냄새가 났고, 수녀님은 그런 내 손을 잡고 성큼성큼 복도를 걸었다. 수녀님의 걸음이 빨라질수록 내 손을 더 세게 잡았다. 수녀님은 나를 곧장 욕실로 데리고 갔다. 욕실은 넓고 또 샤워기가 여러 개 있었다. 욕실에 들어서자마자 나는 몸을 바들바들 떨었다. 추운 게 아니었다. 기억 없이 몸만 알고 있는 공포감이 몸에 신호를 보냈다. 하지만 벙어리처럼 단순한 표현조차도 못하는 상태였다. 얼추 목욕 준비가 되자, 수녀님이 옷을 벗겼다. 그제야 내가 입던 옷이 얼마나 낡고 지저분한지 또 내가 얼마나 앙상했는지가 드러났다. 수녀님은 회색 수녀복이 진하게 물들어 가는 것도 무시한 채 묵묵히 내 몸을 닦아주셨다. 수녀님은 앙상한 내 몸 위로 샤워 타월을 문대며 말했다.

"하진아, 이제부터 여기서 지내는 거야."

"......"

수녀님은 나를 '하진'이라고 불렀다. 나도 모르는 내 이름을 수녀님은 알고 있었다. 하지만 어떻게 내 이름을 알고 있냐고 묻진 않았다. 내가 기억을 못 한다는 것도 말하지 않았다.

"당분간 밖에는 나가지 말고 여기에 있거라. 여기엔 네 친구들도 있고 또 필요한 건 다 있어."

"……."

역시 아무 대답도 하지 않았다. 그저 수녀님의 움직임에 맞춰 찰랑거리는 십자가만 빤히 바라봤다. 수녀님도 딱히 내 대답을 바란 것 같지는 않았다.

무엇하나 기억하지 못하는 천치였지만, 의문스러운 게 아예 없는 건 아니었다. 나는 어디서 왔고, 누구이며, 왜 이 꼴을 하고 있는지 알고 싶었다. 하지만 물을 수 없었다. 아무것도 기억하지 못하지만, 이 낯섦이 더 나은 상황이라는 게 분명했기 때문이다. 온몸의 감각이 내가 세이프존에 들어왔다고 알려주는데, 굳이 이 평온을 깨고 싶지 않았다. 그래서 당장 머릿속에 떠오르는 의문이나 질문을 그냥 삼켰다. 그냥 수녀님이 그렇다고 하면, 그런 것이라 여기며 따랐다. 그게 무엇이든.

하지만 평온은 예상보다 더 빨리 깨졌다. 수녀님의 거짓말이 그것을 깼다. 수녀님은 '여기서 함께 지내자.'라고 했으면서 보육원의 규칙이나 순번을 무시하고 나의 입양을 서둘렀다. 날 입양해 갈 양부모 앞에서 수녀님은 전략적 영업가였고, 복잡한 문서와 절차를 단번에 처리해 버리는 행정가였다. 난 앞에서 분주하게 움직이는 수녀님이 어떤 사람인지 여러 가지로 정의하며 속으로 비난했다. 그게 아마 내가 처음 경험한 상실감이기 때문이었다. 동물은 태어나 가장 처음 본 객체를 어미라 여기듯, 나도 내 기억 첫머리에 있는 수녀님이 부모와 다름없었다. 그렇게 실망했음에도 어떤 의문도 던지지 않았다. 수녀님이 그렇다고 하면, 그런 것이라 여기기로 했으니까. 그래서 수녀님이 인도해 주시는 대로 잠자코 양부모의 손을 잡았다. 그렇게 보육원에서 사계절을 다 보내기도 전에 나는 보육원을 떠났다.

나를 입양한 50대 후반의 부부, 맥빠질 정도로 지나치게 평범했다. 중산층에 적당한 가정, 직장, 삶을 가진 사람들. 한없이 따뜻했고, 부담스러울 정도 잘해주었다.

"하진아, 엄마라고 불러봐."

그들은 다정했다. 11살이 되어가는 나를 갓 태어난 아기 취급할 정도로.

"어, 엄마."

"옳지~."

이상했다. 내가 비록 기억도 온전하지 않고 바깥세상에 대해서도 아는 게 없다지만, 나를 대하는 양부모의 태도가 기괴하다는 것쯤은 알 수 있었다. 그 첫 번째는 간혹 나를 다른 무언가로 부르는 것부터였다.

"미미야~ 미……! 아, 하진아~."

'그게' 무엇인지 안방에 고이 모셔놓은 가족사진을 보고 알 수 있었다. 양부모 사이에 자리를 차지하고 있는 하얀 털짐승. 그리고 내가 그것의 대체품이라는 것을 어렴풋이 짐작할 수 있었다. 그리고 짐작이 확신으로 바뀌는 데에는 그리 오래 걸리지 않았다.

처음에 양부모는 나의 어눌한 말투도 개의치 않았고, 또래보다 작고 앙상한 몸도 볼품없게 보지 않았다. 누구를 닮아 이렇게 생겼는지 모를 크고 처진 눈도 좋아해 주었다. 또 조용하며 손도 많이 안 가는 나는 그들이 원하는 조건을 갖춘 아이, 아니 짐승이었다.

"키우기엔 훨씬 편리하네요. 그런데 딱 저 정도에서 안 컸으면 좋겠는데."

"그치, 더 크면 징그럽지."

그 '설마'했던 짐작은 어째서 조금도 빗나가지 않을까. 세상이 사람이 왜 이렇게 또 나에게 야속하게 굴까하고 생각했다. 그리고 야속하게도 바짝 마른 스펀지가 더 빠르게 물을 흡수하는 것처럼 나는 몇 배는 더 빨리 성장했다. 살이 틀 정도였다. 훌쩍 커버린 키와 듬직해진 어깨를 가진 '나'는 더 이상 양부모 취향이 아니었다. 그렇게 그들의 틀을 벗어나자 하나씩 트집을 잡기 시작했다.

"하자품을 데려왔어! 쯧!"

양아버지가 혀를 찼다. 그리고 나를 '하진'이 아닌 '하자품'이라고 불렀다.

"저 말더듬이를 창피해서 어디 내놓겠어! 쯧!"

"그만 해요. 곧 나아질 거예요. 병원에서도 큰 이상은 없다고 했고요."

그래도 양어머니는 조금더 인내심을 갖고 감싸주었다. 하지만 그녀 역시 그리 오래가지 않았다. 내 말 더듬는 증상은 좀처럼 나아질 기미가 보이지 않자 양어머니도 아버지처럼 혀를 차기 시작했다.

"쯧, 개처럼 짖기만 하면 모를까. 이건 뭐……. 얘, 그냥 말을 말아라!"

본인들이 어떤 개소리를 하고 있는지도 모르고 있는 게 분명했다. 하지만 하얀 털짐승의 대체품으로 살아가느니, 차라리 이렇게 방치된 편이 나았겠다 싶었다. 그때부터 시작했다. 고통을 줄이기 위한 더 큰 고통의 습관이.

정확히 언제부터인지 모르지만 새가 되는 꿈을 자주 꿨다. 하루는 올빼미가 되고, 하루는 참새가 되었다. 그리고 새의 눈은 누군가 죽거나, 무언가 '도륙하는 것'을 목격했다. '도륙되는 것'이 무엇인지 알게 된 것은 한참 뒤였다. 꿈은 매번 다른 장면을 보여줬고, 나는 매번 다른 새가 되어 있었다.

늘 새였다. 다른 어떤 짐승이 된 적은 없었다. 살이 벗겨지며 피비린내가 짙게 나는 장면을 날것 그대로 관전했다. 간혹 맹금류가 되면 원치 않는 식음의 체험을 했다. 질겁을 하고 깨어나면 꿈속과 같은 밤이었고, 동이 터 오기 시작하는 새벽이면 깨어나도 같은 새벽이었다. 그래서 꿈에서 보고 느낀 것들이 더 날카롭게 다가왔고, 간혹 아직 꿈속의 새라고 착각하기도 했다. 그 혼란은 다른 무언의 고통이기도 했다. 온몸에 박히듯 새겨지는 끔찍한 기억은 상상 이상으로 고통스러웠다. 그 꿈이 계속되던 어느 날, 양아버지가 면도하는 것을 보게 되었다.

"면도기 봤어?!!"

양아버지는 양어머니에게 소리쳐 물었다.

"거기 세면대에 있잖아요!"

"이거 말고! 그 뭐냐, 일회용 일반 면도기 말이야!"

"아니, 왜 멀쩡한 면도기 두고 일회용을 찾아요? 전기면도기 있잖아요!"

"갑자기 작동을 안 해!!"

듣다 못한 양어머니는 양아버지가 있는 화장실로 달려와 수납장을 뒤졌다. 양아버지는 양어머니 뒤통수에 대고 중얼거렸다.

"어제까지 썼는데……."

"얼마 전부터 되다 안되다가 했다면서요. 새것 사둬요?"

양어머니는 수납장에서 찾은 면도기를 양아버지에게 건네며 말했다.

"됐어. 일단 둬 봐."

양아버지는 늘 이런 식이었다. 일단 뒀다. 양어머니도 다르지 않았다. 일단 방치하는 남편의 말을 따랐다. 누군가는 이들이 검소하다고 했지만, 그냥 게으른 것이었다. 그들의 게으름을 비난할 생각은 없다. 결론적으로 그들의 게으름 덕분에 나도 반품되지 않았으니까. 양아버지는 일회용 면도기로 다시 면도를 재개했다. 결국엔

전기면도기를 다시 찾겠지만, 그 순간만큼은 그에게 일회용 면도기가 유일했다.

"앗!"

하지만 잠시 대체품이 된 면도기는 주름진 얼굴에 결국 성냈다. 양아버지는 번져 흐르는 피를 대충 수습했다. 나는 그 모습이 마음에 들었고, 그 성난 대체품이 마음에 들었다. 또 부럽기도 했다. 그래서 이 대체품을 훔쳤다.

"꺄아악!!"

며칠 뒤, 집 안에 양어머니의 비명소리가 울려 퍼졌다. 이어 성난 발걸음 소리가 점점 커지더니, 벌컥하고 내 방문이 열렸다. 양어머니는 얼룩덜룩 피가 묻은 내 옷을 움켜쥐고 씩씩거리며 나를 노려봤다. 아아, 저렇게 많이 흘렸던가. 몰랐다. 뒤쫓아온 양아버지가 짧게 상황을 훑어보곤 거칠게 내 팔을 잡아당겨 옷소매를 걷어 올렸다. 팔에는 아물지 않은 칼자국이 여러개 있었다. 몇군데에서는 아직 피가 흐르고 있었다.

"쯧! 하자품 새끼, 하는 짓거리 하고는."

양아버지는 또 혀를 찼다. 양어머니 혀를 차지 않았다. 대신 혐오 가득한 눈빛으로 나를 쳐다봤다. 그녀의 눈빛 하나에 하수구의 쥐 혹은 바퀴벌레가 된 것 같았다. 하지만 그래도 상관없었다. 게으른 양부모는 나를 '그냥' 둘 테니까. 그래서 더더욱 칼질을 멈추지 못했다. 시간이 지날 수록 꿈은 선명해졌고 꿈이 선명해질수록 칼을 넣는 깊이는 깊어졌다. 어쩔 수 없었다. 꿈에서의 고통을 유일하게 대체할 것이 이 통증이라는 것을 알아버렸으니까. 칼질은 멈추지 못하던 어느 날, 결국 사고가 났다.

내가 20살 성인이 되던 해 양부모가 죽었다. 금실이 좋았던 양부모는 자신들의 결혼기념일을 꼬박꼬박 챙겼다. 이번엔 그 기념으로 여행을 갔다가 덤프트럭과 충돌하여 길에서 즉사했다. 즐거운 시작과 다르게 허망한 끝. 비록 잉크와 종이 쪼가리로 맺어진 부모 자식 사이였지만, 슬펐다. 내 겉모습에 쉽게 애정을 주고 또 쉽게 외면하기도 했지만, 쉬웠던 애정처럼 쉽게 버리진 않았으니까. 그래서 그들의 죽음이 슬펐다. 내가 길바닥에서 죽지 않고 살 수 있었던 것은 그들 덕분인 것은 분명했다. 그들이 나의 울타리였던 것도 분명했다. 있는 듯 없는 듯한 울타리였지만, 그것마저 완전히 없어지자 울타리 안에 망아지는 고삐가 풀려버렸다. 스스로를 해치는 것을 더이상 주저하지 않았다. 그리고 결국 요단강의 뱃사공에게 뱃삯을 내기 직전까지 이르렀다. 다행히 강을 건너진 않았다. 뱃사공은 나를 돌려보내 줬다. 그렇게 죽음의 코앞까지 다녀오고 나서야 내가 살고 싶어한다는 것을 깨달았다.

저승의 뱃사공 대신 정신과 의사를 마주했다. 의사는 좋게는 유쾌한 사람이었고, 나쁘게는 가벼웠다.

"뻔하다고 할 수 있지만, 정신 건강을 유지하는 데에 운동만한 게 없어요."

"우, 운동은 좀……."

"푸하하! 하긴 그렇죠? 리스트 컷 자국이 있는데 운동을 하기엔 남의 눈이 신경쓰이시겠죠."

틀린 말도 아니었고 악의도 없었지만, 그래서 더 짜증이 났다.

"아! 그럼, 자해부터 멈춰보죠. 보자…… 운동말고 뭐가 있나. 글은 어때요? 부정적 감정을 글로 분출해 소화하는 것도 방법입니다. 왜, 펜은 칼보다 강하다는 말도 있잖아요? 푸하하!"

끔찍한 농담에 끔찍한 제안. 꿈속에서 본 것을 되새김질하다니 절대 유쾌할 리 없었다. 하지만 문득 이렇게 쓰고 쓰다 보면, 어쩌면 닳아 없어질 수도 있겠다 싶었다. 그렇게 나는 펜을 잡게 되었다.

"잠깐, 마지막으로 한가지 여쭤보고 싶은 게 있는데요."

얼추 얘기를 마무리하고 일어나려는데 최변이 붙잡았다.

"작가님이 쓴 글들은 작가님의 순수 창작품 맞나요?"

최변에게 꿈에 대해서는 얘기하지 않았다. 더듬거리며 꺼내 놓은 것들도 이미 평범하지 않은데, 여기서 더 판타지 같은 얘기를 꺼냈다간 정말 정신병자 취급을 받을지도 모른다. 그렇게 말을 삼켰는데, 생각해 보니 나는 정신병자가 맞긴 맞았다.

"그, 그게 무슨 말씀이시죠?"

이 생각 저 생각을 하다가 나도 모르게 인상을 썼다.

"아! 불쾌하셨다면 죄송합니다. 단순 궁금증입니다. 저도 이번에 출간하신 책 읽었거든요. 연쇄살인 이야기들이 굉장히 사실적이어서요. 마치 사건 파일을 읽는 것 같았어요. 어떻게 그렇게 자세하게 쓸 수 있었는지 궁금했습니다. 따로 자문을 받거나 실제 사건을 기반으로 쓰시는 건가요?"

그럴 리가 있나.

"드, 드라마를 좋아해서요. 수사물 같은 거……."

"아……."

나름 괜찮은 변명이라고 생각했는데, 최변의 표정은 석연치 않았다.

"왜, 왜요? 뭐가 또……."

"책을 보면서 느낀 건데 도구에 대한 이해가 높으시더라고요."

그는 역시 예리했다. 꿈속에서 살인자는 항상 칼을 다뤘다. 하지만 나는 그가 아니었다. 그렇기에 이해하고 있을 리 없다. 그도. 도구도.

"저, 저를 의시……."

"아, 의심하는 건 아니고 정말 생동감이 넘쳐서요. 진짜로."

내가 울컥하기 전에 그가 먼저 가로챘다. 하지만 이미 기분은 바닥을 쳤다.

"…… 어, 어둡고 기분 나쁜 책인데, 읽어주셔서 감사합니다."

"네? 그런 게 아니고."

상한 기분까지 들키고 싶지 않아 서둘러 인사를 하고 나갔다.

"조사하고 연락드리겠습니다."

도망치듯 나가는 내 뒤통수에 대고 최변이 소리쳤다.

"야경증이 의심되네요."

"야, 야경증이요?"

몇 년 전, 의사는 나에게 야경증 진단을 내렸다. 이번에도 칼질을 조절하지 못하고 깊게 눌러 넣는 바람에 또 병원에 실려 왔다. 그렇게 자의 반 타의 반으로 정신병동에 입원했다. 이미 다른 의사에게 진료를 받고 있었지만 '야경증' 진단은 의외였다.

"일종의 수면장애입니다. 보통 유아기 때 많이 나타나는데, 성인들도 더러 겪습니다. 야경증은 수면 상태에서 공황을 겪는 것과 비슷해요. 광분 상태가 되기도 해서 다른 사람을 다치게 하거나, 자신을 다치게 하기도 하죠. 수면 장애 중 가장 극단적인 병이에요."

의사가 내 손목을 힐끗 쳐다봤다. 뒤늦게 옷소매를 잡아당겨 상처를 감췄다. 그리고 다른 장소에서 눈을 뜬 적은 없는지, 다른 이의 피를 묻힌 적은 없는지 빠르게 되짚어봤다. 잠깐의 순간이었지만 설명할 수 없는 불안이 온몸을 휘감았다.

"이건 몽유병과는 다릅니다. 하지만 증상 중 하나로 몽유병이 나타나기도 하고, 아까 말씀드린 것처럼 수면 상태에서 무언가에 해를 가하기도 하죠. 일단 치료를 하면 자해 충동은 조금 줄어들 수도 있어요."

갑자기 생각할 것이 많아졌다. 안 그래도 어두운 표정이 더 어두워지자 의사가 나를 달랬다.

"너무 걱정하지 마세요. 약 처방해 드릴 테니 먹어보고 차도를 봅시다. 그리고 결국 원인은 스트레스인 경우가 대부분이니까요.

잘 쉬면 나아질 겁니다."

쉼 따위로 나아질 리 없다. 내게 필요한 건 쉼이 아닌, 이 물음표들의 답이었다.

'꿈속에서 나는 왜 항상 새일까?'

'왜 항상 잔혹한 것만 목격하는 것일까?'

'왜 극악무도한 살인자의 얼굴은 볼 수 없는 걸까?'

'왜…….'

이것 봐, 쉼은 꿈에 대한 생각에 더 빠져들게 할 뿐이었다. 의문이 해결되면 멈출 수 있을 텐데. 이대로 가다간 의문이 더 많이 늘어날 것 같았다. 그래서 쉼 없이 글을 써댔다.

전보다 더 많이, 더 자주, 더 깊이 글을 썼다. 고작 기록을 시작했던 글은 사뭇 진지한 일기가 되었고, 자세한 문장이 더해져 꽤 그럴싸한 글이 되었다. '타고난 재능' 같은 게 있을 리 없고, 신 따위 믿지도 않았다. 그런데 내 빌어먹을 팔자에 보상이라도 해주듯 글재주를 준 듯했다. 하루는 잠에 취해 그 일부를 인터넷에 올렸다. 그리고 한 편집자의 눈에 띄어 등단까지 하게 되었다. 덕분에 바닥을 보이던 형편은 점점 나아졌다. 하지만 그 야경증이라는 것은 좀처럼 나아질 기미가 보이지 않았다. 아니, 오히려 작가로 살아남고 싶다면 나아지면 안 되는 상황이 되어버렸다. 그것이 나의 먹거리가 되었으니, 꿈을 꾸고 싶지 않으면서 꿈을 꿔야 하는 딜레마가 시작되었다.

아파트 단지에 못 보던 현수막이 걸려 있었다.

[비둘기에게 먹이를 주지 마세요.]

아까도 그렇지만 왜 엉뚱한 곳에 화풀이들인지 모르겠다.

"402호!"

오랜만에 외출에 지쳐서 1초라도 빨리 집에 돌아가려는데, 누군가 나를 불러 세웠다. 이름이 아니라 '402호'라고 부른 것을 듣고 대충 누구인지 짐작할 수 있었다.

"402호, 여기!"

경비 아저씨였다. 아저씨는 그리 빨리 뛰지 않은 것 같은데, 숨을 가쁘게 내쉬고 있었다. 아저씨는 품에 들어올 정도 크기의 상자 하나를 내 품에 안겨주셨다.

"이게 뭔데 굳이 경비사무실에 맡겨야 한다는 건지. 요즘은 다 문 앞에 두고 가는데 말이야."

"누, 누가⋯⋯."

아저씨는 아직도 돌아오지 않은 숨에 힘겨워하며 손을 휘적였다.

"몰라~ 굳이 경비실에 맡겨 놓고 가서는. 아무튼 난 전해줬으니, 나중에 못 받았다는 소리하지 마요."

아저씨가 안겨준 택배 상자를 다시 살폈다. 내 주소는 정확히 쓰여 있는데 상대방 주소가 없었다. 갑자기 루머가 머릿속을 스치면서 상자가 무겁게 느껴졌다. '이대로 쓰레기장에 버릴까?' 하는 생각도 했다. 하지만 나는 겁보다 의심이 많았고, 호기심은 그보다 더 많았다. 결국 경비 아저씨가 안겨준 그대로 집으로 왔다.

문을 열자마자 현관문 도어락 경보음이 멈추지 않았다. 밥이 없어 칭얼거리는 것이었다. 제대로 밥을 주기 전까지 멈출 생각이 없어 보였다. 집 밖으로 나가는 일이 드물어 배터리를 교체하는 것을 계속 깜빡했다. 공교롭게도 오늘 나는 지쳤고 또 양손에 짐을 가득 들고 있었다. 그래서 거슬리는 것을 잠시 참아 보기로 했다.

지친 몸을 소파에 몸을 파묻었다. 그 사이 경보음이 멈췄다. 겨우 찾아온 적막. 숨 막히는 이 적막은 무서우면서 안정감을 주었다. 적막을 비집고 까마귀가 우는 소리가 들려왔다. 저무는 해가 물들이는 주황빛 하늘은 마치 피가 번지는 것 같았고 그 위로 울리는 까마귀 소리는 마치 비명 소리처럼 들렸다. 비척거리며 고개를 가누다가 아까 받은 택배 상자가 눈에 들어왔다. '보내는 이'가 없는 택배를 도저히 열어볼 엄두가 나지 않았다. 하지만 궁금했다. 또 주머니 속 칼을 만지작거렸다. 아, 딜레마. 하지만 나에겐 궁금한 것을 참는 것 또한 고통 중 하나였다. 오히려 어릴 땐 궁금한 것을 참는 게 더 쉬웠는데, 날이 갈수록 점점 이쪽이 더 참기 어려워졌다. 벌떡 일어나서 택배 상자 쪽으로 갔다. 그리고 테이프 끝을 찾아 상자를 이리저리 움직였다. 안에서 묵직하게 '덜커덩' 소리가 들렸다. 잠깐 숨을 죽이고 움직임을 멈췄다. 끝을 찾는 것을 포기하고 결국 주머니에서 칼을 꺼냈다.

"티-디디딕"

일정한 소리가 귀를 관통했다. 상자 이음새 사이에 칼을 꽂고 잠시 숨을 골랐다. 그리고 다시 택배 상자를 그었다. 결국 다시 꿈으로 잘려 나갔다.

"사악-사악-!"

아까 꿈의 연장선이었다. 종이를 자르는 소리와 사람 피부를 가르는 소리는 꽤 비슷하다. 사람일 때는 분명 몰랐을 것이지만, 꿈에서는 알 수 있었다. 그래서 꿈은 나에게 여러모로 잔인했다.

나는 또 새가 되어서 나뭇가지에 걸터앉아 있었다. 그리고 연장된 상황을 관람했다. 아마 뽀찌라도 떨어지기를 기대하며 자리를 뜨지 못하는 것 같았다. 살인자는 그사이 시체 피부의 대부분을 벗겨냈다. 그렇게 곱게 벗겨내 놓고 또다시 잘라 오렸다. 계산된 작업일까 아니면 새로운 미친 짓일까. 그 미친 짓 옆엔 근육과 뼈를 훤히 드러낸 시체가 나뒹굴었다. 딱 한 번 소설에 참고해 보겠다고 개구리 해부 영상을 찾아본 적이 있었다. 딱 그때 본 개구리와 같은 모양이었다. 살인자는 피부를 오리는 작업을 멈추고, 시체 곁으로 다시 다가갔다. 그는 칼을 바꿔 들었다. 크고 굵은 칼, 보기에도 무거워 보였다. 살인자는 그 칼을 하늘 높이 들었다. 그리고 시체의 팔을 향해 내리찍었다.

"띵- 동-!"

팔이 저렸다. 택배 상자를 반쯤 열고 식탁에 엎드려 그대로 잠이 들었던 모양이다. 초인종은 어째서인지 한 번 울리고 더 울리지 않았다. 초인종의 범인이 누구인지 대충 짐작이 갔다. 쥐가 난 팔을 부여잡고 어기적거리며 모니터 앞으로 갔다. 역시 아무도 없었다.

현관문을 여니 종이가 우수수 떨어졌다. 잔꾀만 많은 전달지 알바의 횡포가 바닥에 나뒹굴었다.

[폐업정리, 80~90% 역대급 할인!!!!]

헤드라인 글씨체에 노란색, 빨간색, 검은색만 쓴 깔끔하지만, 촌스러운 광고 전단지였다. 기존 종이보다도 더 가볍고 광택이 있는 싸구려 재질은 촌스러움을 한층 더해주었다. 변하지 않는 진부함과 익숙함, 그리고 성의 없음에 인상이 찌푸려졌다.

떨어진 전단지를 주워서 가지고 들어왔다. 식탁 위에 택배 상자가 다시 눈에 들어왔다. 반쯤 열려 있는 상자, 잠깐 잊고 있었다. 아까 외면했던 공포감이 다시 찾아와 손이 떨렸다. 차라리 꿈속이었다면, 새였다면, 무식하기라도 했을 텐데 현실을 그렇지 못했다. 나는 눈을 질끈 감고 상자 날개를 열었다. 덩그러니 보이는 책 두 권, 허무했다. 이번에 출간된 내 책이었다. 지독한 고통을 견디며 쓴 글들이 이렇게 한 권의 책으로 만들어진 걸 볼 때면 어째서인지 허무했다. 책 띠지가 눈에 들어왔다. 그리고 아까와 다른 의미로 미간이 찌푸려졌다.

[스릴러 소설계 아이돌이 돌아왔다!!! 생동감 넘치는 이야기로 독자의 오감을 사로잡는 젊은 작가, 김하진. 이번엔 연쇄살인이다. 옴니버스 이야기에 숨겨진 연쇄 살인마를 찾아라!]

아, 부담스러운 문구. 홍보를 위한 것이라고는 하지만 지나치게 길고 과했다. 오감이라니 사람들은 진짜 오감을 느끼는 게 뭔지 알까? 아니, 모른다. 나는 그것을 완벽하게 표현해내지 못했다. 내가 느낀 것을 사람들은 감히 상상할 수 없다. 그래서도 안 된다. 적고 또 적다 보면 닳고 닳아서 없어질 거란 그 미약한 희망이 또 이렇게 한 권의 책으로 돌아왔다.

신은 지난 잃어버린 10살 이전의 공백을 메우려는 듯 나에게 꿈을 준 것 같았다. 꿈은 나를 새로 만들었고, 자유로운 듯 자유롭지 못했다. 작은 '새'의 몸에 갇혀 주어진 것을 충실히 경험해야 했다. 마치 CCTV가 된 것 같았다. 그렇게 세상을 관음하고 음미했다. 그가 쪼아 먹는 정체불명의 쓰레기 냄새를 경험하기도 하고, 어느 날은 지린내와 썩은 생선 비린내가 섞인 것을 쪼아 댔다. 그것들을 말로, 글로 충분히 표현해 낼 수 없었다. 새의 감각은 인간이 느끼는 것보다 몇 배는 강했다. 그래서 꿈에서 깨어나서도 그것들을 쉽게 떨쳐 내지 못해 여러 번 토악질을 해야 진정이 되었다. 처음엔 왜 이런 악몽만을 꾸는지 의문이었다. 하지만 뉴스를 틀 때마다 보이는 세상일들이 대체로 유쾌하지 않다는 것을 깨닫고 그 의문은 금방 접었다.

"오늘 오후 신림동에서 한 남성이 칼을 들고 난동을 피워 두 명의 시민이 경상을 입고, 한 명이 중상을 입었습니다. 중상을 입은 시민은 인근에 거주하는 20대 여성으로 현재 중태에 빠져 생사를 알 수 없어……."

TV 속 아나운서는 하루도 쉬지 않고 수많은 사건 사고를 읊어 댔다. 그만큼 사건 사고가 끊이지 않았다. 오히려 사고가 없어선

안 되는 세상 같았다. 이런 뉴스가 없는 날이 온다면, 곧 지구 종말이 온다는 신호일지도 모르겠다. 대부분의 삶이 원래 이리 고단하다는 것임을 알았을 때 나도 모르게 안심을 해버렸다.

대부분의 사람들이 '첫 번째'를 잊지 못하는 것처럼 나 역시 첫 꿈을 아직도 기억한다. 그 꿈에서 나는 새장 안의 앵무새였다. 처음에는 내가 새라는 것을 인지하지 못했다. 하지만 곧 나에게 다가온 어린아이가 몇 곱절은 더 크다는 것을 깨닫고 그제야 알았다. 이게 꿈이란 걸. 내가 인간이 아니란 걸.

"이 화냥년!! 너! 내가 모를 줄 알아아?!!"

한 남자 목소리가 문을 뚫고 들어왔다. 남자는 입에 걸레라도 문 것처럼 상스러운 말을 뱉었고 부서지는 소리와 여자의 비명도 들렸다. 소음을 막고 있는 문 옆에 다섯 살 정도 돼 보이는 아이가 앉아 있었다. 아이는 자신의 울음소리가 새어나갈까 고사리 같은 손으로 자신의 입을 틀어막고 있었다. 하지만 아이의 노력이 무색하게 문이 벌컥 열렸다. 문을 연 것은 남자가 아니라 여자였다. 아까 비명의 주인공 같았다. 만신창이가 된 여자는 들어와 다짜고짜 아이에게 소리를 질렀다.

"너! 너어!!"

여자는 아까 남자 못지않게 흥분해 있었다. 그리고 어린아이를 마구잡이로 때리기 시작했다. 고함치던 남자보다 어설프고 덜 센 주먹이겠지만, 작은 아이에게는 쇠망치와 같아 보였다. 아이는 비명을 지르지 못할 정도로 아파했다. 하지만 여자는 멈출 생각이 없어 보였다.

"너!! 내가 그렇게 말하지 말라고 했지?! 엄마! 엄마라고 말하는 게 어려워?! 이 천치 같은 게!"

여자는 알 수 없는 말을 하다가 갑자기 방 밖으로 나가버렸다. 그리고 밖에서 분주하게 움직이는 소리가 들리더니 금방 다시 돌아왔다.

"그래, 원래 없으니까…… 그래, 그냥 원래대로 돌아가는 거야. 가벼운 서리 같은 거였어. 그치?"

여자는 미친 사람처럼 중얼거렸다. 여자의 눈빛은 비어있고, 손에는 칼이 들려 있었다.

아이의 고사리손에 힘이 다 빠지고 나서야 꿈에서 벗어날 수 있었다. 하지만 꿈에서 깨어나서도 두 가지가 머릿속에서 떠나지 않았다. 축 처진 아이 손목에 걸려 있던 팔찌에 각인된 이름 '박세연' 세 글자와 앵무새의 감각. 나는 꿈속의 앵무새처럼 침대 끝에 걸터앉아 여자가 한 말을 한참 중얼거렸다.

"아, 아줌마 아니고……. 엄마라 하라고……."

앵무새처럼 멈추지 않는 내 입이 역해서 반나절은 변기를 붙잡고 있었다. 보육원에 있던 당시, 보육원 아이들이 꿈속 아이를 떠올리게 해 한동안 심한 멀미에 시달려야 했다.

한참이 지난 꿈이지만, 도저히 잊혀지지 않아 글을 쓰기 시작했

을 때 가장 먼저 노트에 옮겨적었다. 그렇게 하나둘 옮겨 적은 '꿈
일기'는 점차 방 벽 한쪽을 가득 채웠다. 그렇게 꽂혀 있는 잔인한
잔상들을 보고 있자니, 갑자기 고단해졌다. 평소보다 빨리 잠이 들
었다.

　새가 지저귀는 소리가 희미하게 들려왔다. 주변을 둘러봤지만
어두워서 어떤 이질감도 포착하지 못했다. 꿈인가? 현실인가? 알
수 없었다. 그저 새소리만 계속 들려왔다. 새는 저를 알아봐 달라는
듯 울어댔다. 마치 나를 부르는 것 같았다. 시간이 지나고 어둠에
눈이 익숙해지자 주변이 조금씩 보였다. 네모반듯한 공간에 젖은
담배처럼 텁텁하고 퀴퀴한 냄새가 사방에 가득했다. 불쾌한 공기
를 덜 마시려 했지만, 축축한 냄새가 코와 입으로 비집고 들어왔다.
여러 개의 허파를 가진 새라면 이 역함을 적당히 이겨냈을 텐데 불
가했다. 그때 작은 창문을 뚫고 강한 빛이 번쩍하고 지나갔다.

　한 뼘도 안 되는 작은 창문은 거의 천장 가까이 붙어 있어 까치
발을 해야 겨우 밖을 볼 수 있었다. 까치발을 하며 다리 근육을 느
끼고 나서야 이번 꿈에서는 내가 새가 아님을 알았다. 아무것도 보
이지 않았다. 대신 하늘이 으르렁거리는 소리가 들렸다. 하늘은 무
언가 잔뜩 경계하듯 울었지만, 그 밖엔 지나칠 정도로 조용했다.
그때 어둠을 비집고 어떤 기괴한 소리가 들리기 시작했다. 마치 귓
속을 긁는 듯했다.

　"삭……삭…… 사각……"

내 의지와 상관없이 벽에 몸을 바짝 붙이고 창문 밖을 보려 애썼다.

"삭- 삭- 사각……!"

기시감, 너무 뻔하고 익숙한 소리인데도 멍청이처럼 그게 무엇인지 생각해 내지 못했다. 순간 양아버지 얼굴이 스쳐 지나갔다. 그제야 그 익숙함이 무엇인지 깨달았다. 소리의 정체를 알아차렸을 무렵 소리가 내 귀 옆까지 와있었다. 나는 가위라도 눌린 것처럼 꼼짝할 수 없었다.

"……."

소리가 끊겼다. 하늘이 우는 소리도, 작게나마 들리던 바람 소리도 들리지 않았다. 내 숨소리가 가장 크게 들리는 그때 갑자기 큰 눈동자가 코앞에 나타났다. 달만큼 샛노란 눈자위에 길고 굵은 검은자위가 나를 집어삼킬 것처럼 노려봤다. 피하고 싶지만, 그 눈동자에서 눈을 뗄 수 없었다. 나는 급하게 허우적거렸다. 언제부터 있었는지, 어디로 통하는지도 모를 문을 열고 무작정 밖으로 나갔다.

"헉…… 헉……."

얼마 뛰지 않았는데 심장이 목젖을 뚫고 올라올 것만 같았다. 심지어 속까지 울렁거려 눈을 질끈 감고 뛰었다. 숨으로 고르고 정신을 차리니 아까 빠져나온 방 안이었다. 다시 문을 열고 나갔다. 다시 방으로 통했다. 또 문을 열었다. 다시 방으로 돌아왔다. 그렇게 의미 없는 행동을 수차례 반복했다. 그리고 진흙 속에 빠진 것처럼 발이 묶이고 나서야 멈출 수 있었다.

"끼……이익……"

등 뒤로 문이 열리는 소리가 들렸다. 도저히 고개가 돌아가지 않았다. 아니, 돌리고 싶지 않았다. 하지만 몸은 내 의지를 가볍게 무시하고, 고개를 천천히 돌렸다. 뻣뻣하게 굳은 고개는 돌리니 눈앞에 검은 형체가 서 있었다. 숨 막히도록 새까만 그 무엇. 숨을 참다가 멎을 것 같을 때쯤 토하듯 내뱉었다. 그러자 검은 형체가 기다렸다는 듯이 나를 덮쳤다.

"띵- 동-!"

눈을 떴다. 침대 위였다. 몸은 철인 3종 경기라도 치른 것처럼 뻐근하고 아픈데, 방 안에는 평온한 아침 햇빛이 한가득 들어왔다. 그 따가운 아침 햇살 때문에 검은 형체가 더 아른거렸다.

또 이 지랄 맞은 꿈. 유일하게 새가 아닌 내가 되는 꿈이다. 작은 바람 소리 하나 틀리지 않고 매번 같은 꿈을 꾸고 있다. 꿈에서 깨 현실에 돌아와 느끼는 기분과 감각도 토씨 하나 틀리지 않고 늘 똑같았다.

"띵-동-!"

아까부터 문밖에서 누군가 나를 계속 재촉했다.

2.
현실과 꿈, 사이에 올빼미

"띵- 동-! 띵- 동-!"

초인종 소리가 조금 신경질적으로 바뀌었다. 오전 10시, 조금 늦잠을 잤다. 그렇다고 이렇게 재촉할 일은 아니라고 생각하는데 문밖의 사람을 그렇지 않은 것 같았다. 인터폰 화면을 들여다 보니 웬 중년 남자 둘이 화면을 꽉 채우고 있었다. 누구인지 짐작조차 되지 않는데, 검은 옷을 입고 저승사자같이 서 있으니 숨이 턱 막혔다.

"띵- 동-! 띵- 동-!"

또, 또 초인종을 눌렀다. 인내심 없는 초인종 소리에 불안했던 마음은 짜증으로 뒤집혔다. 오기가 생겼다. 문을 열어주지 않고, 없는 척하기로 했다. 그때 문밖에서 굵직한 목소리가 들려왔다.

"없는 거 아니에요?"

그래, 제발 그냥 가라.

"작가라며. 거의 집에만 처박혀 있지 않아?"

사실이지만, 그걸 굳이 말로 들으니 언짢았다.

"오기 전에 출판사에 연락해 봤어? 뭐, 출판사랑 약속이 있다거나 할 수도 있잖아."

"연락은 안 했는데요⋯⋯."

"뭐?! 너 또 일 건성으로 하지?! 이게 어떤 사건인데!!!"

사건? 어떤 사건일까? 그들이 무엇을 기대하고 온 건지 짚이는 게 없었다. 굳이 있다고 하면 '살인자 루머' 뿐이었다. 궁금했다. 쓸데없이 궁금증 버튼이 눌려 문 앞을 왔다 갔다 서성거렸다. 그때 핸드폰이 울렸다. 출판사 담당자였다.

"어! 소리! 안에서 소리 들리는데요?!"

"집에 있네! 김하진 씨! 문 열어보세요!"

"쾅! 쾅! 쾅! 쾅!"

굵직한 목소리의 남자가 두꺼운 손으로 문을 때렸다. 내 골도 같이 때리는 것 같았다. 아까 부리던 오기도 사라지고, 호기심도 금방 무너졌다.

"김하진 씨! 문 좀 열어보세요. 서원 경찰서에서 나왔습니다!"

안에서는 전화가 울어대고 밖에서는 문을 두들겨 대니, 머리통이 깨질 것 같았다. 머리를 감싸고 그 자리에 주저앉았다. 망부석이 되어 움츠리고 앉아 있는데 '철컥'하는 소리가 들렸다. 갑자기 조용해졌다. 갑작스런 적막에 천천히 고개를 들어 문 쪽으로 시선을 돌렸다. 활짝 열린 문 앞에는 인터폰 모니터에서 본 남자 둘이 서 있었다. 남자가 붙잡고 있는 도어락에서 시끄러운 노랫소리가 나오기 시작했다. 젠장, 진즉 배터리를 바꿨어야 했다. 후회하기엔 너무 늦었다. 이미 내 코앞에 경찰 공무원증이 들이밀어져 있었다.

"서원경찰청 형사과에서 나왔습니다."

문 앞에 서 있던 경찰은 결국 문지방을 넘었다. 그리고 거실에 나란히 앉았다. 나도 모르게 그들을 계속 힐끔거리며 쳐다봤다. 두 형사는 내가 소설에서 묘사하던 것과는 상당 부분 차이가 있었다. 소설에서 형사가 등장할 때면 마치 독수리 같다고 자주 쓰곤 했다. 하지만 내 눈앞에 있는 두 형사는 그냥…… 집비둘기 같았다. 낡아서 말려 올라간 티셔츠의 깃이나 눈 밑에 다크서클이 그들의 고됨을 대신 얘기해 주었다. 흔하디흔한 평범함과 초라함에 측은하기까지 했다.

"김하진 씨, 맞으시죠? 현재 조사하고 있는 사건에 관해서 확인할 것이 있어서 이렇게 찾아 왔습니다."

나이 든 형사가 먼저 입을 열었다. 그는 '수사'가 아니라 '조사'라고 했다. 형사들조차도 아직 '짐작'하고 있다는 의미였다. 글쟁이 일을 한 덕분에 얻은 얕은 지식이 조금 쓸모를 발휘했다.

"자, 잠시 화장실 좀……"

아침부터 이들에게 붙잡힌 덕분에 꿈을 꾼 후 치러야 하는 최소한의 절차를 하지 못했다. 젊은 형사는 '진짜?'하고 황당한 표정을 지었다. 다른 나이 든 형사는 의심하는 눈초리를 일관했다. 이때는 약간 독수리 같았다.

화장실에 들어가자마자 곧장 거울 앞에 섰다. 까치집 같은 머리를 빼면 꿈 밖에 있는 건 분명했다. 이제 이 꿈같은 현실을 깨려면 어떻게 해야 하지? 아까 깨질 것 같은 머리를 열심히 굴렸다.

다시 거실로 돌아왔다. 두 형사는 내가 내어준 차를 마시고 있었다.

"자, 이제 앉으시죠."

연장자로 보이는 형사가 말했다. 분명 내 집인데, 형사는 제 집처럼 말했다. 이렇게 홈그라운드를 바꿔놓다니, 확실히 현장의 선수는 달랐다. 이때까지만 해도 심장 소리가 귓가에 작게 들렸다. 무슨 일인지 아직도 짐작되지 않지만, 그들의 태도는 마치 용의자를 대하는 것 같았다.

"저는 강력 1팀의 박지한 형사라고 합니다. 이렇게 찾아뵌 건 중요한 사건 때문인데요."

노련해 보이는 나이 든 형사, 박지한 형사가 먼저 시작을 열었다. 그리고 가방에서 최근에 출간된 내 책을 꺼냈다. 책은 조금 예쁜 누더기를 입은 것처럼 여기저기 알록달록한 포스트잇이 붙어 있었다. 포스트잇을 슬쩍 보니 빼곡하게 메모까지 달아두었다. 마치 입시책이라도 되는 것처럼 공부한 것 같았다. 이걸 감동해야 할지, 아니면 변태스럽다고 해야 할지 몰라 표정이 고장 나 버렸다.

"이, 이게 어쨌다는 거죠?"

박지한 형사는 내 반응을 예상했다는 듯이 옆에 앉은 젊은 형사에게 고개를 까닥하고 신호를 주었다. 젊은 형사는 기다렸다는 듯 가방에서 주섬주섬 정부 파일을 꺼냈다. 엄청난 양의 파일을 산처럼 켜켜이 쌓아 올리기 시작했다. 정성스럽게 파일을 꺼내는 그들의 모양새가, 이것을 여기까지 지고 온 그들의 모습이 우습고 또 안쓰럽기까지 했다. 내 앞에 쌓아 올린 파일들은 깨끗한 파일부터 모서리가 닳아버린 낡은 파일까지 다양했다. 형사는 정해둔 식순

지하실의 새

이 있었던 것처럼 다음 대사를 내뱉었다.

"작가님 책들과 연관된 사건들입니다."

"네?! 그, 그게 무슨······?!"

내가 말할 때마다 형사는 눈살을 미세하게 찌푸렸다. 그는 이미 나를 썩 싫어하는 것 같았다. 어쩌면 나는 어떻게든 의심을 받게 될지도 모르겠다.

"작가님 책에 나온 이 살인 이야기들이 전부 저기 있는 살인 사건들과 굉장히 유사하다고요. 정말 작은 것 하나까지도요."

그 순간 나를 살인자라고 했던 게시물이 생각났다.

"게다가 이건 빙산의 일각이더라고요."

형사는 다른 책 두 권을 더 꺼내 올려놨다. 그 책들 역시 누더기를 입은 것처럼 포스트잇이 덕지덕지 붙어 있었다. 형사 일하기도 쉽지 않겠군. 그 와중에 그들의 열정과 노고에 감탄했다.

"실제 범죄 사건들과 단순히 유사할 뿐만 아니라 그 묘사된 내용의 디테일도 실제 사건들의 정황도 굉장히 비슷했고요. 거의 똑같았습니다. 이건 마치 직접 보고 적은 것 같더군요. 어떻게 이럴 수 있는 거죠?"

물음표에 대한 책임이 나에게 향하니 당황스럽기 그지없었다. 하지만 나 역시 변명이 될 만한 마침표를 정해 두었다.

"이, 있을 수 있는 이야기들이니까요."

"있을 수 있는 얘기라······ 진짜 일어난 일을 그대로 쓴 것일 수도 있고요. 그쵸?"

역시 그는 완벽히 나를 의심하고 있었다. 하지만 꿈 얘기를 꺼낼 수도 없는 노릇이었다. 내가 더듬거리던 말조차도 내뱉지 못하자 박 형사는 파도를 탄 서퍼처럼 나를 더 몰아붙였다. 그는 책 한 권을 집어 들어 내 얼굴에 들이밀었다. 들이민 책의 책장은 너덜거릴 정도로 메모와 이런저런 표시가 가득했다. 그것들은 찬찬히 읽으려 하는데, 박 형사는 다시 가져가 직접 읽기 시작했다. 문장을 읽는 박 형사의 목소리가 떨리는 것 같았다. 하지만 두려움이나 슬픔이 아니라 분노에 가까웠다.

김장봉투가 가장 좋다. 아무리 정육도를 사용해도 인간 뼈도 닭 뼈만큼 거칠고 날카로워서 일반적인 비닐을 쓰면 쉽게 찢어진다. 그래서 이렇게 토막작업을 할 때면 김장봉투가 제격이다. 그중 파란색이 내 취향이다.

오늘따라 유난히 비가 많이 와서 작업이 더뎌졌다. 김장 봉투 안에 빗물이 들어가 봉투가 무거워졌다. 어쩔 수 없이 나눈 토막을 세 봉지에서 네 봉지로 늘렸다. 그리고 하천의 상류, 하류에 나눠 띄웠다. 떠내려가는 속도와 시간이 달라야 시체가 각기 다른 곳에 흩어질 테니까. 그래야 또 안전하게 유기된다. 시체가 없으면 살인도 없다. 살인이 없으면 살인자도 없다. 여럿을 곤란하게 만들 생각을 하니 미소가 떠나지 않았다. 나는 김장봉투 세 개를 띄워 보내고 갑자기 변덕을 부리고 싶어졌다. 그래서 한 봉지는 차에 실었다.

국도를 운전해 달렸다. 비가 그치고, 해가 산 능선을 넘어오려 할 때 적당한 곳에 차를 세웠다. 나무가 많은 곳으로 들어가 나머지 한 개를 묻었다. 이 울창한 산에서 내가 얼마나 많은 김장을 했는지 세상은 알까? 또 웃음이 났다.

기억난다, 이 꿈. 그날 나는 비를 피해 바위틈에 숨어 있던 올빼미였다. 그리고 밤이었다. 유난히 앞을 잘 볼 수 있던 것도 그 덕분이었다. 올빼미는 새 중에서 가장 좁은 시야각을 가졌지만 큰 눈이 장면들을 더 적나라하게 목격해 주었다. 꿈에서 깼을 때 큰 눈이 담아준 장면을 노트에 담았었다. 글로 옮겨 적을 때는 살인자의 독백처럼 서사했다. 그의 잔인한 즐거움에 나 또한 동화되었다.

박 형사는 읽는 것을 멈췄다. 그리고 갑자기 흥분해서는 파일 무더기 속에서 파일 하나를 찾아 보여줬다.

"이거! 이 파란색 김장봉투!"

그는 흥분해 언성을 높였다. 그리고 다시 이를 악물고 말을 이어나갔다.

"사방에 흩어진 탓에 찾는 데 시간이 많이 지연됐어요. 결국 다 찾지 못해 미결로 종료한 사건이죠. 처음엔 이렇게 흩어져 있는 것에 대해서 크게 의문을 갖지 않았어요. 그런데 당신 책을 보고 알았죠. 이렇게 '시차'를 두고 유기를 한다는 걸. 그것까지도 계산된 거라는 걸. 떠내려온 김장봉투 하나에 수사는 시작했지만, 시체의 다른 부분은 결국 찾지 못했어요. 그런데 바로 여기!"

박 형사의 손가락으로 사진 한 장을 짚었다. 사진 속에는 나무 아래에 파묻혀 있는 봉투가 있었고, 파란 김장봉투였다.

"이 사건의 시신이 바로 산속에서 발견됐어요. 김하진 씨 책에 나온 것처럼!"

형사가 보여준 사건과 내 책의 내용이 같다는 것에 당황스럽기는 나도 마찬가지였다. 하지만 형사는 내 당황한 표정을 다른 의미로 해석한 것 같았다. 나는 어떤 말이든 서둘러 뱉어야 했다.

"산속에서 시신이 발견되는 건 흔한 일 아닌가요? 고, 고작 그것 좀 같다고…… 저, 절 살인범으로 모시는 거예요?"

형사가 잠깐 주춤했다. 하지만 물러서지 않고 다시 다른 사진을 들이밀며 말했다. 시체 사진이었다. 꿈에서 피가 낭자한 것을 자주 봤지만, 어디까지나 꿈이었다. 실제 시체의 사진을 본 건 처음이었다. 나도 모르게 고개를 돌렸다. 형사는 또 오해를 했는지 더 강압적으로 굴었다.

"자! 제대로 봐요! 시체가 잘린 단면! 국과수에서 각종 도끼를 사용해서 실험했는데도 같은 도구를 찾지 못했어요. 근데 도끼 같은 게 아니더군요. 당신 책에서 나온 이 정육칼! 이게 딱 같은 단면을 만들어 냈어!"

박 형사는 점점 더 흥분해 온갖 파일과 내 책을 펼쳐 놓기 시작했다. 그리고 나에게 볼 것을 강요했다. 그러자 옆에 있던 젊은 형사가 말렸다.

"선배, 아니 박 형사님 진정하세요. 이러는 거 반장님이 알면 진짜 큰일 나요."

박 형사는 펼치고, 젊은 형사는 자신 쪽으로 끌어당겨 정리했다. 하지만 박 형사는 완전히 나에게 몰입해 다른 것은 보이지도 않는 거 같았다. 그는 책상을 때리며 다시 말했다.

"머리 굴리는 소리 다 들립니다. 어떻게 빠져나갈지 애쓰지 말고, 솔직하게 말씀해 보시죠. 왜 당신의 소설에 이렇게 사건 파일을 베낀 것처럼 자세하게 적혀 있으며! 일선에서 수사하는 형사들도 모르는 것까지 알고 있는지!"

형사는 물러서지 않고 나를 더 몰아붙였다. 하지만 혼란스러운 건 나 역시 마찬가지다. 그저 꿈에서 본 것을 적었을 뿐인데 억울했다.

"아, 아니라고요. 저, 정말 왜 이러세요……."

루머들이 다시 생각났다. 어쩌면 그가 같잖은 루머에 심증만 가지고 이러는 걸 수도 있을 거란 생각이 들었다.

"서, 설마 온라인에 떠도는 말도 안 되는 루머를 보고, 이렇게 절 의심하시는 건가요?"

"…… 제가 묻는 말에나 대답하세요."

분명 그는 주춤했다.

"애, 애초에 제 알리바이는 확인하셨나요? 저한테 기본적인 것조차 화, 확인 안 하셨잖아요. 사건 발생 시기에 제가 어디 있었는지 왜 안 물어보세요?"

그는 이제 완전히 입을 다물었다. 나를 용의자로 특정하고 몰아붙이고 있는 게 분명해졌다. 잠깐이지만 사건 파일에 날짜가 보였다. 그중 몇 날은 내가 출판사 담당자와 종일 미팅을 했던 날이었다. 나가는 일이 드물기 때문에 정확하게 기억하고 있었다. 박 형사는 입에 풀이라도 붙인 것처럼 묵묵부답으로 일관했다. 젊은 형사가 눈치를 보다가 대신해 입을 열었다.

"작가님은 거의 칩거해 계신다고 하고, 또 혼자 사시니까……!"

"누, 누가 그래요? 제가 그렇다고."

분명 그들은 진즉에 출판사와 연락을 했던 것이다. 그리고 전부는 아니어도 몇몇 날짜의 알리바이는 이미 확인한 것 같았다. 그들의 추리에서 이미 난 제외됐어야 했다.

"이미 화, 확인하셨죠? 제 알리바이."

젊은 형사도 똑같이 입에 풀을 붙였다.

"혀, 형사가 이래도 되는 거예요? 이, 이렇게 강압 수사해서 엄한 사람을 용의자로 만들고, 사건을 조작하고?!"

"조작이라뇨!!"

계속 입을 다물고 있을 줄 알았던 박 형사가 다시 입을 열었다. 젊은 형사가 미처 정리하지 못한 파일 하나가 눈에 들어왔다.

[국도 진입 전에 위치한 톨게이트 CCTV에서 피의자 오형식의 차량을 확인하고 긴급체포하였다. 오형식의 차량에서는……]

"자, 잠깐, 버, 범인을 이미 잡은 사건도 저를 범인으로 몰아가려고 했던 거예요?!"

진실과 무관하게 내가 살인범이 될 수도 있을 것 같았다. 순식간에 주변 공기가 나를 옥죄었다.

"다, 당신들 뭐야?! 왜, 왜 나를 범인으로 만들려는 거야?! 진짜…… 형사 맞아?!"

"저 진정하시고……"

젊은 형사가 나를 말렸다.

"말 돌리지 말고 똑바로 말해. 어떻게 이렇게까지 자세하게 쓸 수 있었지?! 이거 마치 현장에 있었던 사람 같잖아!!"

"선배!"

젊은 형사는 나를 진정시키랴, 박 형사를 말리랴 중간에서 진땀을 뺐다. 그때 내 뒤통수에서 다른 목소리가 들려왔다.

"사건 파일을 이렇게 외부로 반출해도 되는 건가요?"

최변이었다. 그가 왔다.

내가 남들보다 배움이 짧기는 하지만 그렇다고 눈치가 없는 건 아니었다. 내가 가진 패(牌)를 언제, 어떻게 써야 하는지 잘 알고 있었다. 그래서 화장실에 갔을 때 최변에게 연락을 해두었다.

나는 뒤를 돌아 최변을 올려다봤다. 전에 봤을 때보다 그가 더 거대하게 느껴졌다. 이제 고작 두 번 본 사이인데 반가움에 절로 미소가 지어졌다. 혹여 형사들에게 들킬까 봐 얼른 미소를 감추려고 다시 고개를 돌렸다.

"문이 그냥 열리더라고요. 오늘은 건전지를 교체하시는 게 좋을 거 같아요."

얼마 전까지 그를 잔뜩 경계했던 내가 멍청하게 느껴졌다. 하지만 내 앞에 있는 사람의 사정은 달랐다.

"너……!"

박지한 형사가 얼빠진 표정으로 최변을 보며 '너'라고 했다. 하지만 최변은 아랑곳하지 않고 자신의 명함을 내밀었다.

"김하진 작가님 변호사입니다. 이제부터 제 의뢰인에 대한 질문은 제가 받겠습니다."

"하!"

박지한 형사는 최변의 행동에 기가 막힌다는 듯 외마디 웃음을 뱉었다.

"영장은 가지고 오셨나요? 아직 사건화도 되지 않아 영장이 있었을 리가 없을 텐데요."

"저희는 그냥 참고인 조사차……"

젊은 형사가 횡설수설 상황을 설명했고, 박 형사는 다른 곳으로 시선을 돌리고 입을 꾹 다물었다.

"조사요? 무슨 조사요? 참고인 조사를 이렇게 하시나요?"

"그냥 대화 좀 한 겁니다."

"대화요? 이렇게 취조하듯 몰아세우는 걸 그쪽은 '대화'라고 하나 보죠?"

"취조?! 아니, 우리도 다 정황이 있어서……!"

"정황 있다면 영장을 받아서 적합한 절차를 거치지 그랬습니까.

지금 상황은 그렇게 안 보이는데요. 아닌가요?"

박 형사는 맞받아치려 했지만, 달변가인 최변에게 상대조차 되지 않았다.

"형사가 제대로 된 절차도 없이 민간인에게 사건을 공개하고 강압적인 대화를 했다라…… 이게 문제가 될 수 있다는 거 충분히 인지하고 계시죠?"

박지한 형사는 말을 더 잇지 못하고 결국 입을 다물었다. 얘기하면 할수록 제 무덤을 파는 격이라는 걸 그도 안 것이다.

"확인된 명확한 정황이 있고 사실관계를 확인하고 싶다면, 제대로 절차 밟고 서류 갖춰서 오세요. 형사지 양아치가 아니지 않습니까."

"뭐?! 양아……! 너 이 새끼!!"

"선배! 아니 박 형사님. 이제 그만 가시죠."

최변과 박 형사는 고양이와 개처럼 소리 없이 으르렁거렸다. 박 형사는 이를 갈며 자리에서 벌떡 일어났다. 그리고 마지막 오기로 한마디를 내뱉었다.

"네가 이제 정말 갈 데까지 갔구나? 난……!"

박 형사가 잠시 말을 멈췄다.

"네 나름의 사정이 있을 거라고 그렇게 생각했어."

박 형사는 애매하게 말을 맺고 나가버렸다.

두 형사가 떠나고 최변이 아까와는 다른 나긋한 목소리로 나에게 말했다.

"많이 놀라셨겠네요. 좀 진정되시면 같이 얘기해 보시죠."

고작 한 두시간 사이에 만신창이가 되었다. 마른하늘에 날벼락이 바로 이것 아니겠는가.

"실례될 수 있지만, 밖에서 좀 엿들었습니다. 작가님 책과 사건이 상당 부분 일치한다고요. 제가 모르는 부분이 있다면 설명해 주실 수 있을까요?"

나도 모르는데 무얼 얘기할 수 있단 말인가. 꿈에서 본 것을 글로 적었는데, 그것이 실제 살인 사건들과 똑같다는 것? 내가 꾸는 꿈에 대해서 최변도 의사처럼 단순히 정신병으로 봐줄지는 알 수 없었다. 하지만 입을 다물고 있는 것도 능사는 아니었다.

"제, 제가 사람을 죽였대요."

"네, 아까 들었습니다."

"제, 제가 쓴 소설이 실제 사건들과 굉장히 유사하대요. 한두 개가 아니라 수십 개가. 아, 아까 쌓여있던 서류들이……."

말을 하려는 데 정신과 의사가 '폭력적 성향을 내보일 수 있다.'라고 했던 말이 귓가에 울렸다. 멍해졌다. 형사의 말에 당차게 받아쳤지만, 말을 하면서 점점 확신이 없었다. 말문이 막혔다. 꿈과 현실, 나는 어디에 위치해 있었을까? 정말 나는 범인이 아니라고 말할 수 있을까? 정말 그게 꿈이었을까? 혼란스러웠다. 방금 일어난 상황 조차 제대로 설명하기 어려웠다. 벼락이 지나간 내 마른하늘에 비가 내렸다. 그 하늘이 마르려면 조금 시간이 필요할 거 같았다.

결국 최변은 먼저 돌아가 보겠다며 일어났다. 그는 현관문을 나서며 알 수 없는 말을 했다.

"작가님이 말씀하신 그 게시물을 올린 사람 있죠. 혹시 기억 못하는 과거의 사람 중 한 명은 아닐까요? 조사했을 때 특별한 게 보이지 않아서요. 작가님 입양 후 행적에서는요."

"네??"

"평범한 삶은 아니지만, 워낙 조용하게 살아오셔서…… 특별히 누군가의 원한을 살만한 건 보이지 않았어요. 일찍이 작가가 되셔서 만나는 사람 없이 주야장천 글만 쓰셨으니. 남은 건 작가님이 잃어버린 10년 안에 단서가 있을 거 같아서요."

머릿속의 소란스러움이 순식간에 잦아들었다. 혼란이 정리된 게 아니라 아예 백지가 된 것 같았다.

"머무르셨다는 보육원은 아무리 찾아도 나오지 않더라고요. 연락처는 물론이고 행적도 찾을 수 없어서, 입양된 다른 아이들의 행방도 찾을 수 없었고요."

보육원 얘기가 나왔을 뿐인데 몸이 떨렸다. 왜 떨리는지 나도 영문을 알 수 없었다.

"일단 자세한 건 다음에 다시 만나서 얘기하죠. 좀 쉬세요. 박 형사가 다녀갔으니……."

최변은 '박 형사'라고 했다, 통성명한 기억은 없었는데.

"너무 늦지 않게 연락 주세요. 전 일단 가보겠습니다."

최변까지 돌아가고 그제야 혼자가 되었다. 벌써 반나절이 지나 버렸다. 종일 아무것도 먹지 않았지만 허기는 없었다. 대신 다른 허기가 몰려 들어왔다. 어제 치우지 않은 커터칼이 다시 눈에 들어왔다. 커터칼을 다시 길게 뽑았다. 그리고 종이를 잘랐다. 잘려 나가는 소리와 함께 현실에서 꿈으로 도망치듯 흘러 들어갔다.

칼은 나에게 진통제이자 수면제였다. 어김없이 나를 꿈으로 이끌었다. 이번에 나는 무엇일까? 어디일까? 어떤 꿈을 꾸게 될까? 여러 호기심 속에 고양이가 '그르렁'거리는 소리가 들려왔다. 아니, 잘못 들었다. 비둘기가 '구구구'하는 울림이었다. 그 울림은 내 안에서 들렸다. 더 생각할 여유 없이 한 옥상 난간으로 날아가 앉았다. 옥상 난간에 내려앉는데 기우뚱했다. 발을 내려다보니 발톱 두 개가 잘려 있었다. 도시의 비둘기에게는 흔한 부상이었다.

건물 뒤 흡연구역이 보였다. 멀리서 시끌시끌한 소리가 들려왔다. 그리고 곧 남자 셋이 우르르 몰려와 배고픈 사람들처럼 급하게 담배를 입에 물고 태우기 시작했다. 피어올라오는 담배 연기 탓에 그들의 정수리만 보이고 얼굴은 제대로 보이지 않았다. 하지만 목소리는 선명하게 들렸다.

"야, 근데 말이 되냐? 자기가 사람을 죽이고 그걸 글로 써서 출판한다는데? 사이코패스가 아니고서야……."

"그 사람 그 업계 쪽에서 꽤 유명하던데. 내는 족족 다 베스트셀러고 첫 책으로 젊은 작가상도 받았다나 봐요."

익숙한 내용에 금방 얘기를 쫓아갈 수 있었다.

"말이 안 되지. 말이 안 되는데 사건들이랑 책이랑 너무 똑같잖아. 내가 다 뜯어봤다니까. 똑같아도 너무 똑같아."

조금 전까지 나를 몰아세우던 그 목소리였다.

"근데 선배, 기사를 보고 썼을 수도 있잖습니까. 작가들은 자료 조사하면서 뉴스 기사 참고를 많이 한다던데."

함께 있는 이 사람 역시 내가 생각하는 그 같았다.

"옥상 분신 사건이나, 방파제 익사 사건 그리고 작년 독극물 사건은 뉴스에 보도되지도 않았어. 게다가 시체를 몇 토막 냈는지, 어디에 어떻게 버렸는지, 그 밖에 작은 디테일까지 똑같다니까?!!"

"에이, 그 디테일이라는 것도 좀 흔한 거 였잖아요. 다른 소설에도 있을 법한 걸요. 게다가 이런 사건들 패턴이 빤하잖아요. 그래서 선배도 그런 새끼들보고 매번 창의적이지 못하다 했고."

"창의……?! 지금 사람이 살해됐는데 창의서엉?!"

박지한 형사는 참지 못하고 언성을 높였다. 그의 버럭에 후배 형사는 황당해 했다.

"아니, 그건 선배가 먼저…… 일단 그 작가가 범인이라는 걸 입증할 정확한 증거라는 게 없잖아요. 저희도 정확한 증거를 가지고 움직여야 설득력이 있는데, 추측뿐인 문서뿐이고."

연기가 아까보다 더 자욱해져 그들이 더 잘 보이지 않았다.

"사실 선배가 그 작가를 범인으로 특정 지어 놓고 얘기하는 것 같았다고요."

"뭐야?!! 이 새끼가 종잇장처럼 말을 막 뒤집네?! 너! 너지?! 네 가 범인이지?!"

박 형사는 담배를 바닥에 내팽개치고, 후배 형사의 멱살을 잡으 려 했다. 다른 동료 형사가 급하게 그를 말렸다.

"자, 자. 진정해. 네가 그⋯⋯ 그거 때문에 예민한 거 아는데! 이 렇게 막 움직이면 나중에 정말 돌이킬 수 없어. 안 그래도 지금 미 운털 박혀서 사건도 안 떨어지고 있는 거 아냐? 좌천되지 않은 것 만으로도 다행인 마당에."

"아아아아악!!!"

박 형사의 고함 소리에 놀라 옥상 난간에서 미끄러졌다. 다행히 날개를 휘저어 그들 근처에 착지했다. 한 다리만 제대로 기능해서 몇 번인가 종종걸음을 했다.

"저도 선배의 그⋯⋯"

'그'게 무엇인지 무슨 '볼드모트'라도 되는 것처럼 아까부터 다 들 말을 제대로 맺지 못했다.

"선배 사정 생각해서 그 말도 안 되는 추리에 응해줬던 건데, 사 실 대부분 동의하지도 않았다고요."

결국 후배 형사는 진심을 다 피워 버리고 자리를 떠났다. 함께 있던 다른 한 명도 적당한 말을 찾지 못하고 자리를 떠났다. 오직 나만 그 옆에 남았다. 말을 잃은 그 대신에 '구구'하고 울어주었다.

잠에서 깨니 해가 지고 있었다. 꿈속에서 아는 인물을 본 것은 처음이었다. 혹시 오늘 일도 꿈이었을까 싶어 거실로 나가봤다. 두 형사가 다녀간 자리에 치우지 않은 컵이 두 개 놓여 있었다. 다행히 그것은 꿈이 아니었다. 다행히? 머리가 뜨거워지는 것 같았다.

방금 꿈은 마치 CCTV로 그들을 훔쳐본 것 같았다. 내가 모르는 사이에 초능력이라도 생긴 걸까? 또 다른 혼란이었다. 예지몽? 그것은 아니었다. 분명 현재진행형이었다. 꿈에서 막 깨어난 내 옆을 지키고 있던 탁상시계가 그렇다고 알려주었다. 지금 이 '설마'가 진짜라면. 박지한 형사의 망상 같은 의심이 합리적 의심으로 바뀌는 건 그리 오래 걸리지 않을 것이다. 하지만 그럴 수 없다. 어떻게 이게 가능하단 말인가. 뇌가 불타는 것 같았다.

베란다 난간에 비둘기가 날아와 앉았다. 그가 내는 울음소리가 괜히 익숙해 시선이 갔다. 발톱 두 개가 없었다. 흔한 부상이었다. 이제 머리에 아무 감각도 느껴지지 않았다.

뜨거워진 머리를 식히려고 새벽 다이빙을 갔다. 수영을 하지도 못하면서 다이빙을 하게된 것은 우연한 계기였다.

한 번은 꿈속에서 가마우지가 된 적이 있다. 바다를 거닐며 짠물에 머리를 처박고 물고기를 사냥했다. 이 가마우지는 나와 달리 먹성도 욕심도 많았다. 그래서 더 많은 물고기를 잡겠다고 더 깊이 더 깊이 잠수했다. 그때 현실에서 한 번도 느껴보지 못한 안정감을 느꼈다. 숨이 멎더라도 벗어나고 싶지 않을 만큼 놀라운 안정감이었다.

출판사 미팅을 마치고 돌아가는 길, 우연히 공원에 걸린 현수막을 발견했다.

[프리다이빙 실내 잠수 풀장 개장]

처음엔 입구까지 가서도 오랫동안 주저했다. 양부모가 죽고 새로운 사람과 마주하려니 주저됐다. 게다가 내 몸의 상처, 그게 문제였다. 가고 싶은 이유는 한가지인데, 갈 수 없는 이유는 너무 많았다. 입구 문조차 열지 못하고 우왕좌왕하고 있는데, 한 사람이 문을 열고 나왔다. 이 풀장의 강사 같았다. 몸 선이 선명하게 드러나는 다이빙 슈트를 민망한 줄 모르고 밖에 입고 나온 거 보면 분명 강사였다. 그때 그 사람과 함께 나온 물 냄새가 나를 잡아끌었다. 염소향이 섞인 물 냄새는 꿈속에서 엉겨 붙는 축축한 피 냄새를 한 번에 소독해주는 것 같았다. 활짝 열린 문처럼 결국 지갑을 열었다.

자해 위치를 바꿨다, 팔목에서 팔뚝 안쪽으로. 어차피 슈트를 입으면 안 보이긴 하지만 의식이 되었다. 그러면서 둘 다 포기할 수 없었다. 처음 물에 들어가자마자 마치 중독된 것처럼 깊이 빠져들었다. 깊이 더 깊이. 가마우지가 되었을 때와 완전히 비슷한 느낌은 아니었지만, 비슷한 안정감을 느낄 수 있었다. 물 깊숙한 곳에 숨을 참고 머무는 게 안전하다고 느껴졌다. 가능한 더 오래 더 길게 머물고 싶었다.

"회원님, 무작정 숨을 참지 마시고 호흡을 조절해 보세요. 마냥 참기만 하면, 폐에 공기 때문에 더 깊이 내려갈 수 없거든요. 고르게 호흡하면 더 안정적으로 잠수할 수 있어요."

강사는 나에게 숨 쉬는 요령을 알려주었다. 부모에게도 배우지 못한 숨 쉬고 사는 방법을 이곳에서 배웠다. 태초로 돌아가고 다시 태어난 것 같았다. 조금 살아갈 기분이 들었다.

한바탕 다이빙을 마치고 돌아왔는데도 아직 오전 9시 정도밖에 되지 않았다. 머리는 식었지만, 여전히 무거웠다. 정리할 것이 한 가득이었다. 무거워진 심신을 엘리베이터에 싣자마자 핸드폰이 울렸다. 최변이었다. 그가 늦지 않게 전화 달라는 것을 잊고 있었다. 그 때문인가? 전화를 받자 최변이 대뜸 소리를 질렀다.

"작가님, 어디세요?!!"

"네, 네? 지, 집에……"

"집에 계시는 거예요?"

최변은 누군가에게 쫓기듯 다급하게 물었다.

"아, 아니요. 에, 엘리베이터인데……"

"잠깐! 내리지 마요. 지금 집에 가면 안 돼요!"

최변의 바람과 달리 엘리베이터는 4층에 도착했다. 엘리베이터 문이 열리자 눈앞에 사람들이 한가득 보였다. 나는 그들이 기자라는 것을 한눈에 알아볼 수 있었다. 그들도 내가 '작가 김하진'이라는 것을 단번에 알아본 것 같았다. 기자들은 도시의 비둘기가 먹잇감에 달려들 듯이 나에게 떼거리로 달려들었다. 나는 순식간에 그들에게 둘러싸였다. 그리고 쏟아지는 질문에 갇혔다.

"김하진 작가님 맞으시죠?"

"작가님, 소설 속 내용이 픽션이 아니라는게 무슨 말인가요? 최근 루머와 연관이 있나요?"

"소설의 내용은 어떻게 알고 쓰시게 된 거죠?

"이걸 쓰는 데 도와준 사람이 있나요?"

"밀접하게 연관된 사건이 있으신 건가요? 네? 네?! 말씀 좀 해주세요!"

질문 중에는 내가 범인이냐고 묻는 말은 없었다. 하지만 모두 내가 범인인 양 질문을 던지고 있었다. 다들 작은 빌미라도 잡아 한 줄이라도 적기 위해 녹음기와 카메라를 들이밀었다. 나의 작은 음성, 손짓까지도 그들에게는 괜찮은 먹잇감인지 마구 날개를 파닥거렸다. 그때 내 뒤로 엘리베이터 문이 다시 열렸다. 그리고 문에서 손이 쑥! 하고 나오더니 나를 끌어당겼다. 최변이었다. 기자들은 나를 놓칠세라 엘리베이터 안으로 손을 뻗었지만, 최변이 그들을 막아섰다.

"사생활 침해, 명예훼손으로 내용증명 받고 싶지 않으시면, 여기서 그만하고 돌아가세요. 그렇지 않으면 법적으로 대응할 겁니다."

최변은 그들을 협박했다. 하지만 그마저도 신사적이었다. 갑작스러운 최변의 등장에 기자들은 깃털이 뽑힌 새처럼 멍청하게 서있었다. 그렇게 잠잠해진 틈을 타 최변은 엘리베이터 문을 닫았다. 어안이 벙벙하기는 나도 마찬가지였다. 다시 물에 들어가고 싶었다.

최변의 차로 피신했다. 이렇게 빨리 그의 사적 공간에 들어오게 될 줄은 몰랐다. 하지만 그걸 신경 쓰는 것은 나뿐인 것 같았다. 최변은 밖에 상황을 살폈다. 곧 1층 현관 도어락이 열리더니 기자들을 우르르 쏟아져 나왔다. 기자들 얼굴에는 아쉬운 표정이 가득해 떠나지 못하고 주변을 어슬렁거렸다.

"어, 어떻게 된 일일까요?"

내 물음에 최변은 한숨을 크게 내쉬고 말했다.

"박지한 형사가 흘렸겠죠. 사건을 크게 키워서 뭐라도 잡아내려고."

"어, 어떻게 아세요?"

"동깁니다. 아시죠? 저도 형사였다는 걸."

그의 짓이라는 것을 어떻게 아느냐는 질문이었는데, 엉뚱한 답이 돌아왔다. 덕분에 예상외의 사실도 알게 되었다.

"이, 이제 어떻게 하죠?"

"혹시…… 저에게 말씀 안 하신 게 있나요?"

역시 정곡을 찔렀다. 귀가 먹먹해졌다. 잠수할 때 귀마개를 잘못 끼운 듯했다.

"최 변호사님도 제, 제가 의심스러우세요?"

"변호사는 의뢰인을 의심하지 않아요. 변호할 뿐이죠. 그리고 제가 변호를 하게 될 사람이 피의자인지, 피해자인지에 따라서 제가 해야 할 일이 달라질 뿐이죠. 그런데 지금 흘러가는 상황을 보면 피의자를 변호하게 될 거 같네요."

최변은 다시 밖을 살폈다.

"저, 저는 입증할 아무런 증거가 없어요. 저, 저는 범인이 아니니까요."

아마 나는 아니지만, 다른 이가 범인이라는 건 알고 있다.

"저희 쪽에서 증거를 제시할 필요도, 입증할 필요도 없습니다."

"그, 그게 무슨 말인지……."

"증거는 의심하는 쪽에서 찾아낼 테니까요. 우리는 그 증거를 무력화시키기만 하면 돼요. 어차피 지금 저쪽은 이미 작가님은 범인으로 특정하고 증거들은 찾아 제시할 테니까."

"어, 어떻게 그런……."

"제가 왜 형사를 그만두고 변호사가 됐는지 궁금하지 않으세요? 박 형사가 말하는 나쁜 놈들이나 변호하는 변호사가 된 이유 말이에요."

궁금했다. 굉장히 궁금했다. 하지만 그런 말을 해놓고 최변은 계속 밖을 살피기만 했다.

"일단 기자들은 다 간 것 같네요. 내일 오후에 제가 다시 찾아뵐게요."

결국, 최변은 이유에 대해서 얘기해 주지 않고 떠났다. 나도 궁금했지만 묻지 못했다. 조용히 고개만 끄덕이고 집으로 돌아왔다.

오랜만에 만난 의사는 한결같이 싱글벙글이었다. 이 의사를 만날 때마다 생각했다, '천직이다'하고. 정신과 의사로서 듣는 무수

한 우울함도 그만의 밝음으로 충분히 이겨낼 것 같았다. 또 그 자체만으로 환자에게 약이 될 수도 있을지도 모르겠다.

"오랜만에 오셨네요? 그때 수면장애랑…… 리스트컷, 자해하는 것 때문에 오셨죠? 요즘도 요즘도 자주 자해를 하세요?"

일단 나에게 그는 약은 아니었다. 그는 무거운 단어를 아무렇지 않게 말했다. 어쩌면 살인자와 정신과 의사는 종이 한장 차이 일지도 모르겠다. 그의 무신경함에 매번 감탄한다. 하지만 다른 병원을 찾아갈 엄두는 나지 않았다. 이렇게 발가 벗겨지는 것을 여러 번 반복하고 싶지 않았기 때문이다.

"…… 제, 제가 야경증이 있잖아요."

"네, 그런데요?"

의사는 모니터를 한 번 더 확인하면서 말했다.

"야, 야경증이라는 게 현실에서도 똑같이 일어날 수 있나요?"

질문을 고르고 고르다가 애매하게 질문을 던져버렸다.

"뭐, 아예 배제할 수는 없죠. 꿈은 현실과 이어져 있으니까요?"

"네?"

"정확하게는 무의식이 현실과 밀접하게 이어져 있다는 의미예요. 꿈에서 보는 것은 경험과 감정에 기반해 나타나거든요. 이미 경험해 봤기 때문에 꿈속에서도 이미지로 그릴 수 있는 거죠. 간접적인 경험도 포함해서요. 무의식이 꿈이라는 프레임을 통해 보여주는 거죠. 예를 들면……."

의사는 잠시 생각에 잠겼다.

"살인하는 꿈이라고 치면······."

의사의 예시에 나도 모르게 비명을 지를 뻔했다. 아랫입술을 깨물고 겨우 참았다.

"살인한 적이 없어도 그런 내용의 영화나 드라마를 보고 잠든다면?"

의사는 '한 번에 이해하겠죠?' 하고 자랑스럽게 어깨를 으쓱했다.

"그래서 저는 공포영화를 싫어해요. 그런 걸 보고 잠들면 백 프로 비슷한 꿈을 꾸더라고요. 가위에 눌리기도 하고. 그런 걸 정확히는 수면 마비라고 하죠."

내가 그런 부류의 글을 쓰기 때문에 그런 꿈을 꾸는 것일까? 하지만 꿈에서 보는 것들이 동 시간대에 일어난다면······ 그것은 또 다른 얘기이지 않을까?

"꾸, 꿈이 아니면요? 그, 그러니까 꿈인 줄 알았는데, 현실에서 일어난다면요?"

"음, 그런 가설도 가능하죠. 비슷한 현상으로는 몽유병도 있고요. 반복되는 꿈으로 데자뷔를 겪기도 하는데, 사실은 현실에서 겪었던 일인 경우가 많죠. 그런데 그런 꿈을 자주 꾸시나 봐요? 잠은 잘 주무세요?"

"서, 선생님 저는······."

솔직하게 말하고 싶었지만, 말문이 막혔다. 어떤 문장으로 이것을 설명해야 할지 결국 답을 찾지 못했다.

"제가 여, 열 살 이전에 일들을 기억하지 못해요."

"기억상실이란 말씀이세요? 이건 처음 듣는 얘긴데요."

의사는 타이핑을 하던 손을 멈추고 내 쪽을 돌아봤다.

"기, 기억은 잃어버려 기억을 못하는 일도 꿈에서는 나타날 수 있나요?"

"그럼요."

심장이 철렁하고 내려앉았다.

"내재화되어 있던 것들이 꿈에서 보일 수 있죠. 내재되어 있는 것들은 어떤 방식으로든 반드시 튀어나오게 되어 있으니까요. 습관이 무섭다는 말이 있잖아요? 그래서 기억상실 환자 중에서 잃어 버렸던 집을 찾아가는 사람도 있어요. 몸은 그걸 기억하는 거죠."

'그럼 제가 살인 꿈을 계속 꾸는 것도 제가 살인을 해서일까요? 저는 살인자일까요?'하고 차마 묻지 못했다. 그동안 나에게 꿈과 현실은 서로 무관한 것이었는데…… 꿈도, 현실도, 의사도 그렇지 않다고 말하고 있었다. 머리가 다시 뜨거워졌다.

"사…… 살려주세요."

간절한 여자 목소리가 들렸다. 눈을 뜨니 철창이 보였다. 철창 안에는 노란색과 초록색이 섞인 예쁜 깃털이 빠져서 수두룩하게 쌓여 있었다. 그리고 유난히 숨을 쉬기 힘들었다. 다행히 앞은 제대로 보였다. 철창 너머로 보이는 여자는 겁에 질려 주저앉아 있었고, 그 맞은편에는 검은 후드를 뒤집어쓴 사람이 칼을 들고 있었다. 누가 봐도 강도였다. 하지만 강도가 들고 있는 칼, 찔려도 피가 날까 싶을 정도로 작았다. 하지만 바닥에 주저앉은 여자는 겁에 질려 목숨을 구걸했다.

"다, 다 가져가세요……. 제발 살려만 주세요. 원하는 거 다 드릴게요."

여자는 간곡하게 부탁하며, 자신의 가방을 거꾸로 뒤집어 탈탈 털었다. 하지만 가방에서 쏟아진 잡동사니 중에는 여자의 목숨값을 대신할 만한 것은 보이지 않았다. 강도도 그게 탐탁지 않았는지 집안 곳곳을 두리번거렸다. 강도가 그저 주변을 살펴봤을 뿐인데, 여자는 강도 다리를 붙잡고 더 크게 흐느껴 울었다. 그러니 되려 난감해하는 쪽은 강도였다. 전략이었다면 여자가 영리한 것이고, 전략이 아니었어도 어수룩한 강도에게 잘 먹힌 것 같았다. 강도는 여자가 자신의 발을 놓지 않자 여자를 세게 찼다. 여자는 얼굴을 맞고 나뒹굴었다. 강도는 자신이 발로 차 놓고선 어쩔 줄 몰라 우왕좌왕했다. 결국 아무것도 손에 쥐지 못하고 밖으로 도망쳤다.

눈을 뜨니 내 침실이었다. 옆에 놓인 시계를 봤다.

[AM 2:48]

칼을 쥔 강도 손목에 있는 시계가 2시 39분이었다. 9분이 흘러 있었다. 십여 년이 지나서야 내 꿈이 단순한 꿈이 아니라는 걸 깨달았다.

쓰레기장에 가려는데 맞은편 집 문이 활짝 열려 있었다. 경찰이 현관 앞에 서 있었고 한 여자가 훌쩍거리며 얘기를 하고 있었다. 이웃에 여자가 살고 있다는 것을 처음 알았다. 경찰의 키가 워낙 커서 이웃 여자가 잘 안 보였다. 하지만 훌쩍거리는 여자의 목소리를 알아듣고 그 자리에서 굳어 버렸다.

"살려 달라고 살려 달라고…… 애원했는데 막 때리고……."

분명 어제 꿈속에서 들은 그 목소리였다.

"얼굴은 보셨나요?"

경찰이 물었다.

"얼굴은 못 봤어요. 다 가리고 있어서……."

쓰레기를 버리러 가는 척 이웃집 근처로 다가갔다. 그리 가까이 가지 않았는데 진한 향초 냄새와 화장품 향이 섞인 냄새가 코를 때렸다. 향이 아닌 악취에 가까웠다. 차라리 내 손에 들린 쓰레기 냄새가 더 향긋할 정도였다. 여자의 진술을 받아적던 경찰도 가까이 있기 힘들었는지 서둘러 마무리했다. 나도 다시 발을 옮겼다.

"일단 주변 CCTV랑 탐문 조사 후에 한 번 더 연락드리겠습니다."

"이, 이렇게 가시는 거예요? 불안해서 이제 집에 어떻게 있어요. 그런 거 안 되나요? 주변에 경찰을 더 배치한다거나……."

"저희가 무슨 개인 보디가드……!"

경찰은 욱하고 튀어나오려는 말을 삼키고 대신 한숨을 내쉬었다.

"근처를 계속 수사할 거니까 뭔가 나오면 연락드릴게요. 이렇게 수사하는 동안은 가까이 오지 못할 거예요. 바보가 아니고서 야……. 정 불안하시면 거처를 잠시 다른 곳으로 옮기시는 것도 방법이구요. 그럼 전 이만."

경찰 목소리에는 살짝 짜증이 살짝 섞여 있었다. 그의 마침표에 나는 다시 정신을 차리고 엘리베이터를 잡아탔다. 엘리베이터 안에서 그만 넋을 놔버렸다. 이제 더 이상 꿈을 그냥 꿈이라고 부정할 수 없는 것 아닌가. 물음표가 느낌표로 바뀌고 있었다.

"띵-동-!"

한 달에 한 번 울릴까 말까 한 초인종이 요즘 가장 열심히 일하고 있다.

"누, 누구세요."

"안녕하세요. 대영동 파출소에서 나왔습니다."

이제 별거 아닌 것에도 심장이 빠르게 뛰었다. 마치 내가 범인인 것처럼. 떨리는 심장은 붙잡고 문을 열었다.

"갑작스럽게 죄송합니다. 이웃에 강도가 들어서 잠시 협조 좀 부탁드립니다."

아까 이웃집 여자와 얘기를 나누던 경찰이었다. 아까 짜증을 내던 모습과 다르게 막상 마주한 그의 인상은 그리 나쁘지 않았다. 훤칠한 키에 반듯하고 시원한 인상의 청년이었다.

"어제 403호에 강도가 들어서요. 혹시 어제저녁에 무슨 소리를 듣거나, 수상한 사람 못 보셨나요?"

경찰은 수첩을 꺼내 '302호'라고 적었다. 402호라고 정정해 주려다가 메모를 하는 그의 손을 보고 마음을 바꿨다.

"아, 아뇨. 아무것도 못 들었는데요."

"어제 계속 집에 계셨나요?"

"네, 네에. 계속 집에 있었어요. 그런데……."

평범하게 끝날 줄 알았던 내 말끝에 연결 부사가 붙자 경찰이 손을 멈췄다. 나는 그의 눈치를 살폈다.

"호, 혹시 그 집에 새, 새가 있나요?"

경찰은 의심 어린 눈빛으로 나를 쳐다봤다.

"그건 왜 물으시죠?"

"그, 그게……"

핑곗거리를 미처 생각해 놓지 못했다.

"그, 그게…… 아, 종종 들려서요. 카, 카나리아 소리요…… 제가 새를 좋아하거든요."

"아, 네. 있더라고요. 새."

경찰은 관심없다는 듯 건성으로 대답했다.

"화, 환기를 잘 시켜줘야 할 거 같아요. 탁한 공기는 새, 새에게 안 좋거든요."

"네, 뭐. 아무튼 협조 감사합니다. 가까운 곳에서 일어난 사건이니 선생님도 주의하시고요. 그럼 이만."

경찰은 상대하기 귀찮았는지 서둘러 마무리했다. 나답지 않은 오지랖이었다. 하지만 내 말을 받아적는 경찰의 손을 보고 그냥 지나칠 수 없었다.

창가로 가서 경찰이 가는 것을 내려다봤다. 경찰은 주차장을 가로질러 걸어가고 있었다. 나는 서둘러 전화를 걸었다, 내 꿈과 짐작이 맞길 바라며.

"거, 경찰서죠? 제, 제가 어제 저녁에 이웃집에서 무슨 소리를 들었는데요……."

다른 경찰이 다시 집에 방문했다.

"신고해 주신 덕분에 순경은 긴급 체포했습니다. 신고한 이웃집에서 발견된 족적이랑 동일한 것으로 확인되었고요. 말씀하신 신발에도 여자 화장품 묻어있는 게 확인됐습니다."

역시 꿈에서 본 그와 동일 인물이 맞았다. 그의 손목에 있던 시계가 아주 흔하지 않았던 덕분이었다.

"조금 추궁했더니 금방 실토하더라고요."

"그, 근데 그분은 왜……."

금방 실토할 그런 겁쟁이가 왜 그런 일을 벌였을까.

"아, 집을 착각했대요. 결국엔 범죄였지만."

"차, 착각이요?"

"403호가 아니라 303호에 가려고 했던 거래요. 303호가 자기 여자친구였다고 우기는데, 303호 사시는 분은 처음 보는 사람이라고 하고요. 스토킹이었던 것 같아요. 아무튼 신고해 주신 덕분에 빠르게 해결되었네요."

하지만 정작 내 일은 해결되지 않았다.

[스릴러계 아이돌 작가, 소설이 아닌 실제 이야기]

[소설과 실제 사건에 유사점이 많아 독자들 충격]

[김모 작가, 실제 살인자로 의심받고 경찰에 출두]

내 이웃집 사정을 걱정하고 있을 때가 아니었다. 팬들이 우스갯소리로 떠들던 루머가 기자들의 날갯짓에 사실처럼 되어 버렸다. 고작 팬카페에 올라오던 이야기들이 전문 기자들의 필력을 입으니 나조차도 그것들이 사실처럼 보일 정도였다. 내 소설은 졸지에 살인을 기록한 '살인 일기'가 되어버렸다. 아, 출판사는 좋아할 것 같았다.

최변은 약속한 시간보다 조금 이르게 집에 찾아왔다. 하지만 그는 아무 말도 하지 않았다. 그의 무반응이 더 걱정되었다.

"최, 최 변호사님. 이, 이거 이대로 둬도 되나요?"

"네."

"에?!"

나도 모르게 목소리가 커졌다.

"대응하는 게 더 웃기지 않나요? 사실이 아니라면서요."

"사, 사실은 아니죠……. 하, 하지만 이 기사를 보고 저번처럼 형사들이 와서 범인으로 몰아가면……"

"그러니까요."

"……?"

"지금은 시답지 않은 루머를 상대할 때가 아닙니다. 진짜를 준비하셔야 해요."

"지, 진짜요?"

최변은 나와 대화 중에도 계속 서류들은 만지더니 그것들을 보기 좋게 내 앞에 나열했다.

"박 형사가 작가님을 고소할 거예요."

"네?! 고, 고소요? 혀, 형사님이 왜요? 그리고 형사가 고소를 해요? 벼, 변호사님은 그걸 어떻게 아세요? 뭘로 고소한다는 거죠?"

황당한 소식에 연달아 질문을 쏟아냈다. 최변은 조금도 당황하지 않고 차분하게 하나씩 답했다.

"뭐겠어요. 살인이죠. 박 형사 옆에 있던 젊은 형사가 제 후배입니다. 그 친구가 알려줬어요. 형사가 수사를 하지 왜 고소를 하냐고요? 형사도 피해자 신분으로 고소장을 쓰고 수사를 요청할 수 있습니다. 박 형사는 형사가 아니라 피해자로 작가님을 고소한 겁니다."

"그, 그러니까. 왜 절…… 이해가 안 돼요."

최변도 머리가 아픈지 두개골을 살짝 눌렀다.

"그 녀석이, 그러니까 박 형사가 후…… 그럴만한 사연이 있어요. 원하지 않으셔도 아마 아시게 될 거예요. 지금 집중해야 하는건 박 형사는 가짜 증거를 만들어서라도 이거, 수사하게 만들 놈이라는 거죠."

최변이 박지한 형사를 친근하게 '녀석', '놈'이라고 부르는 게 은근 신선했다. 얼마 전 박 형사를 대면했을 때 초면인 것처럼 굴었으니까.

"일단 이걸 보면서 얘기하시죠."

최변은 자신의 옆에 서류를 산처럼 쌓아 놓고 그중 하나를 꺼내 나에게 건넸다. 그 옆에 쌓여있는 서류는 한눈에 보기에도 하루 이틀 만에 볼 수 없는 양이었다. 최변이 건넨 건 한 블로그를 캡처한 것이었다. 블로그는 내책에 대한 리뷰가 상당히 많이 또 꼼꼼하게 되어 있었다. 대부분이 호평이었고 스스로 분석해서 감상평을 적어두기도 했는데, 그 내용이 꽤 귀여웠다. 차마 웃지 못하고 속으로 미소를 짓고 있는데, 최변이 말했다.

"제가 표시해 둔 부분부터 읽으시면 돼요."

꽤 많은 양, 겨우 최변이 표시해 둔 곳까지 찾아 내려왔다.

〈미필적 고의〉 : 여고생 동반 자살, 작가는 모든 걸 알고 있다.

소설의 주인공은 증명할 수 없지만 분명 의도를 가지고 있었다. 영리하게 필연을 의도해 자신의 결백을 증명한 것이다. 소설은 그것이 미필적 고의라고 정의하고 있다. 그렇게 나는 '미필적 고의'라는 것을 처음 이해하게 되었다.

*미필적 고의 : 어떤 행위로 범죄 결과가 발생할 가능성이 있음을 알면서도 그 행위를 행하는 심리 상태

도입은 그저 평범한 감상평에 지나지 않았다. 그 아래로 장황한 리뷰가 이어졌고 가장 마지막 문장에 도달했다. 그리고 내 심장은 상공에서 저 아래로 세게 떨어졌다.

그땐 나에게 벌어진 일이 무엇인지 이해조차 할 수 없었는데 이제 찾은 것 같다. 시체와 다름없는 몸이 됐는데 이걸 깨달았다고 뭐가 달라지겠냐만, 나에게는 굉장한 의미다. 그날 네 의도가 정말 순수했던 것이라고 착각한 나의 어리숙함을 반성한다. 주영아.

쓰고 잊었다. 하지만 여기 이 글로, 목소리로 인해 기억은 무섭게 되살아났다.

11월 10일이었다. 수능이 일주일 남은 시점이라 날짜도 정확하게 기억한다. 그날은 경비아저씨가 주는 특식을 먹으러 한 상가 건물의 꼭대기로 날아갔다. 60대 정도로 보이는 아저씨가 손에 무언가 고이 싸 와서 이 새를 불렀다.

"자, 오늘은 특식이다."

경비아저씨 손에는 땅콩과 바짝 구워 잘게 자른 돼지 껍데기가 섞여 있었다. 경비아저씨는 구석에 마련해 둔 플라스틱 먹이통에 그것들을 와르르 쏟아냈다. 그리고 몇 개는 손에 올려 놨다. 나는 사람 무서운 줄도 모르고 그의 어깨에 날아가 앉아 재롱을 부리고 먹이를 쪼아 댔다.

"어제 장 씨랑 한잔했거든."

경비아저씨는 새에게 다정하게 말을 걸었다. 그렇게 한참을 혼잣말 같은 대화를 하다가 손에 있는 것이 다 떨어지자 탁탁 털고 자리를 떴다. 그가 떠나고도 나는 남아서 플라스틱 통에 있는 나머지 먹이들을 부지런히 쪼아 댔다.

경비아저씨가 마련해 준 먹이통에서 고개를 드니 건너편 건물이 잘 보였다. 건너편 건물에는 '껍데기는 가라', '수능 전문'이라는 글씨가 크게 박힌 간판이 걸려 있었다. 그 바로 아래에는 학생들의 하원을 기다리는 학원 차와 학부모의 차들이 줄줄이 서있었다. 몇 분 지나지 않아 건물 밖으로 교복을 입은 학생들이 쏟아져 나왔다. 학생들은 조금이라도 일찍 귀가하겠다고 엎치락뒤치락하면서 차에 올라탔다. 차들도 마치 경주하는 것처럼 문을 닫고 출발했다. 위에서 그것을 가만히 지켜봤다. 북적이던 대로변은 한산해지고, 한 여학생 혼자만 덩그러니 남아있었다. 여학생은 무언가를 기다리는 것 같기도, 아닌 것 같기도 했다. 그렇게 가만히 서 있다가 갑자기 발길을 돌려 다시 학원 안으로 들어갔다.

아직 불이 켜져 있는 학원, 마지막까지 남아서 공부에 열을 올리고 있는 지독한 학생들이 서너 명이 보였다. 아까 1층에 있던 여학생은 그중 한 교실로 들어가 공부하고 있는 한 학생에게 말을 걸었다. 무슨 대화를 하는지 알 수 없었지만, 두 사람이 그리 친하지 않다는 건 알 수 있었다. 여학생은 친근하게 다가가도 공부하던 학생은 난감한 표정을 지었다. 하지만 여학생은 가볍게 무시했다. 그리고 공부하던 학생의 손을 잡아끌고 교실 밖으로 나갔다. 이내 둘이 모습을 드러낸 건 옥상이었다. 사람 무서운 줄 모르는 새는 두 학생이 있는 건너편 옥상으로 날아갔다.

"답답해서 그래. 너도 그렇잖아. 잠깐 쉬자."

"아니 난……"

"우리 같은 반에 학원도 같이 다녔는데 제대로 얘기해 본 적이 없잖아. 이제 수능 끝나면 몇 번 못 보고. 게다가 나 오늘 학원 마지막 날이란 말이야. 그러니까 응?"

여학생은 계속 징징거렸다. 그리고 난간에 걸터앉아 데려온 학생을 자신의 옆에 앉으라고 잡아당겼다. 공부하다가 끌려 올라온 학생은 얇은 브라우스 한 장에 바들바들 떨었다. 난감한 기색이 역력했지만, 마지못해 같이 난간에 걸터앉았다. 나도 두 학생과 함께 나란히 난간에 앉았다. 그때 여학생은 다른 학생의 팔을 붙잡으며 비명을 질렀다.

"꺅! 쥐!"

분명 여학생은 나를 쥐로 착각하지 않았다. 확신한다. 하지만 공부하던 학생은 놀란 그녀를 다독이며 진정시켰다.

"괜찮아. 그냥 새야."

"아니, 네가 쥐새끼라고."

"뭐?"

여학생은 갑자기 공부하던 학생의 머리채를 잡고 함께 난간 아래로 떨어졌다. 그들이 아래로 떨어질 때 나는 하늘로 날아올랐다.

나는 그 이야기에 <미필적 고의>라고 제목을 붙였다.

서류를 다 살펴보고도 손에서 내려놓을 수 없었다. 지금 내 표정을 최변에게 보여줄 수 없었다. 종이를 뚫고 최변의 목소리가 들어왔다.

"그 두 학생 다 살아 있어요."

놀라서 얼굴을 가리고 있던 종이를 내렸다. 우습게도 이 블로그에 글은 쓴 사람이 둘 중 누구일지가 가장 먼저 궁금했다.

"보신 것처럼 블로그 글을 쓴 학생은 지금 전신 마비 상태예요. 그날 머리 후두부가 가장 먼저 떨어져 크게 다쳤던 모양이더라고요. 반면⋯⋯."

최변은 다른 서류에서 한 여학생의 졸업사진을 꺼내 보여줬다. 꿈속에서 본 그 여학생이었다.

"이 여학생은 다리 골절이랑 타박상 정도로 그친 모양이더라고요. 그날 두꺼운 패딩에 가방까지 메고 있던 덕분에 큰 사고는 면한 것 같더라고요."

뭔가 얹힌 기분이었다. 하지만 구차해 보일까 봐 묻지 못했다.

"이런 건 생각보다 쉽게 찾을 수 있어요."

차마 묻지 못하고 있는 것을 고맙게도 최변이 먼저 말해주었다.

"둘 다 학생이라 학교만 알면 금방 조사할 수 있어요. 학교 통해서 몇 가지 물어보니 이 블로그 주인은 그날 추락으로 전신 마비 상태라고 하더군요. 다른 학생은 아까 말한 정도였고요. 학교는 두 학생이 수능 압박을 이기지 못하고 동반 자살한 거라고 설명했어요. 학교 측의 공식 입장은 그래요. 하지만 특이한 게 이 두 친구가 전교 1, 2등을 하는 우수한 학생이었다는 거예요. 이렇게 공부를 잘하는데, 수능을 코앞에 두고 자살을 한다니…… 이상하지 않아요?"

이상하지 않았다. 오히려 명쾌해졌다. 덕분에 그 여학생 왜 그녀의 머리채를 잡았는지, 왜 쥐새끼라고 했는지 이해하게 됐으니까.

"제가 왜 이 말 하고 있는지 아시죠? 왜 작가님은 이걸 '미필적 고의'라는 제목으로 글을 쓰셨는지, 어떻게 아셨는지……."

최변은 말을 하며 나를 빤히 쳐다봤지만, 나는 그의 시선을 피했다.

"이 블로그 글은 작가님 소설을 보고 쓴 글이니, 이걸 보고 쓰실 수는 없었을 테고. 시기도 맞지 않고요. 자, 이제 얘기해 주세요. 작가님의 소설들이 어떻게 실제 사건들과 이렇게까지 유사할 수 있는지."

박 형사와 달랐다. 그는 취조가 아니라 질문을 했고, 의심이 아니라 진실을 원하는 것이 느껴졌다. 하지만 나조차도 이제 막 알게된 이 현상을 어떻게 설명할 수 있겠는가. 하지만 더 숨겼다가는 정말 범죄가 될지도 모르겠다는 생각이 들었다. 입가에 맴도는 말을 신중하게 꺼냈다.

"그, 그때 최 변호사님께 말씀드리지 못한 게 있어요. 미, 믿으실지 모르겠지만, 저는 꿈속에서 새가 돼서……."

잠시 숨을 멈췄다. 글로 수십 번을 써봤지만, 말로 내뱉는 것은 처음이었다.

"누군가 다른 누구를 죽이는 것을 목격해요."

하지만 막상 말을 시작하니 마치 내리막길을 달리듯 이야기에 속도가 붙었다. 점점 숨이 차올랐다. 그 와중에도 단순한 미친놈으로 보이지 않으려고 신중하고 또 신중하게 공기 중에 글을 적어 내려가듯 얘기했다.

"매, 맹세코 저는 그냥 꿈이라고 생각했어요. 그게 혀, 현실에서도 일어나는 일이라는 것도 얼마 전에 알게 되었고요."

짧은 적막이 흘렀다.

"이거 정말 큰 일이긴 하네요."

최변이 입을 뗐다. 그는 황당해하기보다 고민이 깊어진 표정이었다.

"박 형사의 심증이 합리적 의심으로 바뀌는 데에는 이유가 있었군요."

"하, 하지만 저는 정말 사건이랑 아무 연관이 없어요. 사건이 일어난 곳 근처도 간 적이 어, 없고요."

"하지만 증명할 수도 없잖아요."

너무 맞는 말이라 할 말을 잃었다.

"사건 현장에 없었다는 건 증명할 수 없지만, 있었다는 건 얼마든지 만들어낼 수는 있죠."

"마, 만들어낸다고요?"

"법은 법의 테두리 안에서 심판을 한다고 하지만, 그게 모두 정답은 아니니까요. '법대로 한다'는 말이 강력하면서도 얼마나 허술한지 사람들은 모르죠."

최변이 하는 말이 전혀 이해되지 않았다.

"미, 믿어주시는 거예요?"

"글쎄요. 조금? 제가 믿는 게 작가님에게 중요할까요?"

최변의 입에서는 늘 예측할 수 없는 말들만 나와 나를 당황스럽게 했다. 그에겐 이 문제가 중요하지 않단 말인가? 하지만 한편으로는 그의 이런 반응도 이해가 된다. 나조차도 이 현상을 받아들이는 데 시간이 걸렸으니. 이건 마치 영화 속 히어로의 초능력을 가졌다거나, 신기(神氣)가 있다고 말하는 것과 같지 않겠는가. 차라리 그편이 더 이해하기 쉬울지도 모르겠다.

"제 믿음은 작가님께 아무 도움이 안 돼요. 지금 해주신 말은 증거도 못 되고요. 작가님 결백도 증명하지 못하죠."

최변은 지나치게 현실적이었다. 그런 그가 이런 내 말을 듣고 있는 것도 신기한 일인 것이다.

"그, 그럼 이제 어쩌죠?"

"찾아야죠, 진짜 범인을."

"네?"

최변은 이번에 출간된 책을 테이블에 꺼내 놓았다. 얼마나 여러 번 읽었는지 책날개가 벌써 닳고 꾸겨져 있었다. 최변은 책의 첫 장에 있는 개요를 펼쳐서 보여주었다.

"이 책에 나온 사건을 포함해서 13건이에요."

"뭐, 뭐가 말이에요?"

"미결 사건이요."

최변은 서류더미 속에서 무언가를 찾으며 설명을 이어갔다.

"작가님 소설에 나온 이야기 기준으로 실제 있었던 사건들을 매칭해 봤어요. 유사한 사건 중 범인이 이미 잡힌 것은 제외했고요. 블로그처럼 '사고'로 마무리된 것도 제외. 그리고 세어봤을 때……"

최변은 서류 더미 사이에서 다른 종이 한 장을 찾아내더니 나에게 건넸다. 종이에는 목록이 정리되어 있었다.

- 문 닫은 기정동 슈퍼를 지키고 있는 몸통
- 전시된 미라의 정체
- 물고기 배 속에 은폐된 살인
- 육포의 맛을 아는 살인자
- 시선만 남기고 사라진 해골
- 손바닥이 없는 수중시체
- 머리를 분실한 운전사

- 껍데기에 붙은 지문을 찾아
- 신원 없는 열 손가락 작은 지문
- 바다를 건너 소령도에 간 두 다리
- 고독사의 웃기지 않는 엔딩
- 709호의 발가벗겨진 일가족 죽음
- 비 오는 날의 시체 김장

"범인을 잡지 못한 미해결 사건이거나, 앞서 말했던 것들을 제외하고 나니 총 13개더라고요. 그 말은 즉, 이 사건들의 범인으로 작가님이 지목될 가능성이 있다는 거죠."

"네?!"

종이 위에 끄적인 게 뭐 그리 대단한 거라고 나를 살인자로 만들어 버린단 말인가? 솔직히 앞서 형사들의 의심도 '설마'하고 우습게 생각했다.

"실제 사건과 매칭되지 않은 이야기는 함부로 범인으로 몰아가지 않겠지만, 미결 사건은 얘기가 다르죠. 범인만큼 그 살해 과정을 잘 알고 있는데 당연히 의심하지 않겠어요? 게다가 세간에 공개하지 않은 사건일수록 더 의심하겠죠. 아무도 모르는 것을 작가님이 적나라하게 적었으니까."

나는 말을 잃었다.

"그런데 이 13개 이야기만 다시 읽어 봤더니 몇 가지가 눈에 밟

히더라고요. 가령 '예쁘게 도륙된 살'이라는 표현이 반복해서 쓰이더라고요. 의도하신 건가요?"

마치 의도한 살인이냐고 묻는 것 같아 나도 모르게 잔뜩 인상을 찌푸렸다. 조금 불편했다.

"그, 그냥 보고 들은 대로 적었을 뿐이에요."

"살인 행위 자체를 예술적으로 해석한 게 공통으로 나타나고, 그냥 죽이는 법이 없더라고요. '예쁘게 도륙된 살'이라는 표현을 쓴 것처럼 토막을 내거나 껍질을 벗기거나 하더군요. 이것도 의도하신 건가요?"

"그냥 본대로 적은 거라고 말했잖아요!"

결국, 버럭 소리를 지르고 말았다. 말도 더듬지 않고 버럭했다. 나도 모르겠다. 의도했다니 기억나지 않는다. 쓰고 잊었다. 그러려고 썼다. 최변은 앞에서 혼란스러워 하는 나를 조금도 신경 쓰지 않고 계속해서 말을 이어갔다.

"당황스러우신 건 이해합니다. 근데 이성적으로 생각해 주셨으면 합니다. 한두 건이 아니라 무려 13건에 대한 의심에서 벗어나야 하니까요. '예쁘게 도륙한다.'라는 표현이 작가님이 의도하고 담은 표현이 아니라면, 범인의 변태적 성향으로 참고해 볼 수 있겠네요."

그의 질문의 의도를 뒤늦게 이해하고 얼굴이 화끈거렸다. 최변은 일관된 자세로 오로지 사건을 검토하는 데에만 집중했다.

"이렇게 시신 훼손이 심하면 신원 확인이 어려워 수사가 어렵거든요. 작가님이 말씀하신 것처럼 이 사건들이 실제 일어난 것들이라면 작가님의 글이 진짜 범인을 잡는 단서가 되어 주겠네요."

최변은 노트북에 지도를 띄워서 보여주었다.

"이 13개 이야기 중에 경찰에서 수사한 사건들만 표시한 거예요. 사건이 일어났거나 시신이 발견된 곳이죠. 이 시체들이 어디서 출발해야 이곳에 유기가 되는지 지도에 표시해 봤는데……."

최변이 마우스를 몇 번 딸각거리자 경우의 수까지 꼼꼼하게 표시한 경로가 나타났다. 표시된 화살표 들은 다소 산만했지만, 대체로 한 곳을 향하고 있었다.

"여기 보면 제2영동고속도를 통과하는 점 그리고 동해안 방향을 중심으로 사건이 분포되어 있어요. 바다의 조류 흐름을 감안해 시신이 떠내려오는 시작점을 계산하면 한 곳으로 추려지더라고요."

최변이 지도 위에 한 지역을 손가락으로 콕 짚었다.

"여기, 송양시."

오랜만에 듣는 이름에 들이마신 숨을 내쉬지 못하고 참았다. 귀까지 먹먹해져 고개를 세게 흔들었다. 그 바람에 최변이 오해를 하게 했다.

"네? 왜요? 여기가 아닌가요?"

맞다, 송양시가 아니다. 내가 아는 곳은 송양시가 아니었다.

"그, 그 옆에 마을이에요. 거기에 제가 있었던 보육원이 있어요."

"어디요?"

나는 화살표를 애매하게 피해있는 곳을 가리켰다.

"만조리요?"

최변의 물음에 나는 고개를 끄덕이지도 대답을 하지도 않았다.

3.
예정된 조우

간단히 가방을 쌌다. 만조리에 가기로 했다. 최변도 일정을 보고 뒤따라오기로 했다, 가능하면. 그의 의뢰인은 나 하나가 아니기 때문에 그에게 징징거릴 수 없었다. 하지만 가기 전에 약간의 실랑이를 했다.

　"저, 저는 싫어요."

　만조리에 가고 싶지 않았다.

　"박 형사의 소장이 접수되고 수사가 시작되면 움직일 수도 없어요. 루머든 살해 혐의든 누명을 벗기 위해선 이 방법뿐이라고요. 우리가 먼저 범인을 찾아내야 해요."

　"하, 하지만……"

　다른 핑곗거리를 찾았지만 없었다.

　"지금 이 미결 사건들은 용의자 후보도 없는 상태예요. 작가님의 이야기가 더 스포트라이트를 받게 되면, 작가님이 유력 용의자가 되는 건 순식간이에요. 꼭 범인을 찾지 않아도 돼요. 범인을 찾을만한 진짜 단서를 찾아도 되고요."

"그, 그렇게 찾은 단서가 오히려 저에게 독이 된다면요?"

최변이 잠깐 움찔했다.

"그러니까 저희가 먼저 찾아야죠. 다른 누가 찾기 전에 득일지, 실일지 모를 그 단서를요."

만조리에 가겠다고 결정하게 된 건 최변에게 설득당해서가 아니었다. 그 순간 '그것'이 머릿속에 스쳐 지나갔기 때문이었다.

[네가 누군지 알아.]

아주 간단하게 짐을 쌌다. 나를 떠미는 직감이나 책임과 별개로 불길한 느낌도 들었기 때문이다. 빠르면 오늘, 운이 나쁘면 내일 돌아오겠다는 의지로 집을 나섰다. 아파트 주차장을 가로질러 가는데 누군가 나를 불러 세웠다.

"김하진 씨."

박지한 형사였다.

"어디 가시나 봐요?"

간단히 짐을 싸서 다행이었다. 짐가방이 조금만 컸다면 오해를 샀을지도 모르겠다.

"이, 일이 좀 있어서요."

"왜 이렇게 긴장하세요. 뭐 켕기는 게 있는 사람처럼……"

그는 여전히 나에 대해 오해하고 있는 것 같았다.

"하긴, 저 같은 형사가 불러세우면 긴장이 되겠죠. 그런 의미에서 충고 하나 하죠."

그는 거들먹거리는 말투를 그만둘 생각이 없어 보였다. 그래도 궁금하니 들어주기로 했다.

"뭐, 뭐죠?"

"최강운, 가까이하지 마세요."

어이가 없어서 자동적으로 고개를 저었다. 그의 말을 무시하고 다시 발걸음을 옮겼다.

"강운이가 당신 사건에 꽤 열정적이지 않아요?"

다시 발은 멈췄다.

"제가 하는 말이 귀에 안 들어올 거 압니다. 근데 최강운은 다를 거라고 생각해요?"

"아, 알아듣게 얘기해 주세요."

"제가 그날 보여줬던 파일들, 저 혼자 만든 게 아니라고요. 최강운, 그 자식이랑 같이 만들었던 자료들이었단 말입니다."

불현듯 최변이 준비해 온 수많은 자료들이 눈앞을 스쳐 지나갔다. 내가 속은 걸까? 누구한테? 누구의 말을 믿어야 하는 걸까?

"걔도 저랑 같은 처지니까. 당신의 옆에 서줄 사람은 아무도 없다고요. 그러니 애쓰지 말고 얌전히 법의 심판이나 받으시죠."

이번엔 박 형사가 먼저 걸음을 뗐다. 저렇게 혼자 할 말만 해버리고 휙! 가버리다니 그는 마지막까지 무례했다. 그런 그가 굳이 나에게 이런 친절한 설명을 하는 것도 이해되지 않았다. 나에 대한 의심일까? 최변에 대한 배신감일까? 충고인지 협박인지 모를 박 형사의 말 덕분에 만조리로 향하는 주저하는 마음에 약간 추진력이 생겼다.

나는 멀미가 심한 편이었다. 그래서 양부모가 여행을 갈 때도 나는 집을 지켰다. 아, 생각해 보니 그건 내 멀미 때문이 아니었다. 결과적으로는 그 덕에 살 수 있었지만. 메슥거리는 속보다 심한 두통 때문에 수면제를 먹었다. 그리고 살짝 젖힌 의자에 기대 초라하게 잠을 청했다.

다시 꿈에 입장했다. 새가 아닌 '나'인 꿈이었다. 어김없이 칠흑같이 어두운 방에 작은 창문과 문 하나가 보였다. 내가 숨은 건지 갇힌 건지 모르겠지만, 오래 머물 수 있는 곳이 아니라는 건 분명했다. 피부에 닿는 공기마저 기분 나쁠 정도로 축축했고, 코와 입으로 들어오는 악취는 썩은 생선의 것 같았다. 텅 빈 입인데도 까슬한 느낌이 들었고 꺼림칙한 소리가 귓구멍을 파고들었다.
어디선가 쇠를 긁는 소리가 불규칙적으로 들려왔다. 크지도 작지도 않게 딱 신경이 거슬릴 정도의 소리였다. 나는 소리를 쫓아 작은 창문에 다가갔다. 그사이 내가 커진 건지 창문이 낮아진 건지 이전 꿈에서는 까치발을 들어야 했는데, 이번엔 아니었다. 창문 밖으로 다른 공간이 보였다. 부엌 같아 보였지만, 부엌보다 '작업실'이라고 부르는 게 더 적절할 것 같았다. 그 작업실에 누군가 들어왔다.

내 시선이 멈춘 곳은 누군가의 발이었다. 맨발에 짝퉁 아디다스 슬리퍼를 신고 있는 발은 오른쪽 뒤꿈치가 상당 부분이 잘려져 있었다. 등지고 있어서 얼굴은 보이지 않지만 두툼한 발을 보니 남자라는 것을 단번에 알 수 있었다. 남자는 움직임이 많지 않았다. 하지만 움직일 때마다 절뚝거렸다. 그는 뭘 하려는지 고무 앞치마를 두르고 작업대 앞에 섰다. 남자 앞에는 150cm 정도 되는 대형 고무 도마가 놓여 있었다. 얼마나 많은 작업을 했는지 가운데만 움푹 파여 있었다. 위치상 그 도마 위에 뭐가 있는지는 잘 보이진 않았다. 하지만 기분 나쁜 소리가 들려왔다. 그 기분 나쁜 소리마저 익숙하게 느껴졌다.

"쓰읍! 가만히 안 있어?!!"

남자는 누군가에게 호통을 쳤다. 그리고 검지 손가락 길이의 짧은 칼을 꺼내 들었다. 그 옆에 크고 두꺼운 칼들을 두고 가장 작고 예리한 칼을 마치 의사처럼 쥐었다. 그리고 작업을 시작했다. 그의 움직임에는 군더더기가 없었다. 하지만 그가 프로페셔널하게 작업하는 그것이 무엇인지 여전히 알 수 없었다. 남자는 칼을 바꿔 들었다. 자신의 손처럼 두꺼운 칼을 머리 높이 들어 힘껏 내려쳤다. 그러자 지독한 냄새가 코를 찔렀다. 악취같은 것이 아니었다. 지금까지 꿈속에서 맡았던 냄새 중 가장 신선하고 진했다. 하지만 절대 기분 좋은 냄새는 아니었다. 진해서 낯설었고, 신선한데 역했다. 뭘까? 뭐지? 내가 그 냄새에 집착하고 있는 사이 남자가 다시 한 번 칼을 내려쳤다. 그러자 검은 액체가 분수처럼 솟아올랐다. 이어

걸쭉하게 토해내는 소리가 들렸다. 남자는 또 칼을 휘둘렀다.

"철썩!"

창문에 붙어 가만히 지켜보고 있던 내 얼굴에 무언가 튀었다. 그 것은 따뜻했다. 얼굴에 있는 것을 손으로 닦아보니 검붉은 것이 묻어났다. 다시 고개를 드니 바로 눈앞에 사람 손이 홀로 떨어져 있었다. 비명이 나올 뻔했다. 그 손은 손끝이 검게 변하고 볼품없이 망가졌지만, 작고 고운 손이었다. 아직 움직이는 것 같았다. 내 기분이 그랬다. 금방이라도 속에 있는 것이 올라올 것 같았다. 그때 삼선 슬리퍼를 신은 남자의 발이 내 쪽으로 방향을 바꿨다. 남자의 발은 손이 떨어진 곳, 내쪽으로 가까이 다가왔다. 그리고 악수를 하듯 손을 집어 들었다. 혹시 숨소리라도 들릴까봐 입을 세게 틀어막았다. 거의 숨이 안 쉬어질 정도로. 하지만 남자는 손을 집어 들고도 한참을 떠나지 않았다. 나는 그의 발을 주시하며, 도망치려고 조심스럽게 뒤꿈치를 들었다. 그때 작은 창문으로 남자의 팔이 쑥 들어와 내 멱살을 잡았다. 그리고 속삭이듯 말했다.

"다 봐. 티끌 하나 놓치지 말고 다 보라고…… 모두 널 위한 거니까."

나는 그의 손에서 벗어나려고 안간힘을 썼지만 역부족이었다. 숨이 쉬어지지 않았다. 앞이 하얗게 변했다.

사람들이 내리는 소리에 부스스 잠에서 깼다. 송양 터미널에 도착해 있었다. 창문 밖을 내다보는데 창문에 비친 내 얼굴이 보였

다. 조금 전까지 악몽을 꾼 사람이라고 믿기 어려울 정도로 너무
평온한 얼굴이었다.

버스에서 내려 바로 택시를 잡아탔다.

"마, 만조리…… 만조리로 가주세요."

"만조리요? 그렇게 말하면 어디로 가야 하나~."

택시 아저씨는 모르겠다고 했으면서 기어를 바꾸고 출발했다.
정확하게 얘기해 줘야 하나? 그렇다고 '보육원'이라는 단어가 입
밖으로 나오지 않았다.

"…… 마, 마을 아무 데나 내려주세요."

"어딜 가는데 아무 데나 내려달라는겨? 뭐, 만조가 큰 마을이 아
니긴 한데."

"……."

더 설명을 붙이지 않았다. 하지만 다행히 택시 아저씨는 더 이상
묻지 않았다. 그리고 틀어두던 음악의 소리를 높였다. 택시 오디오
에서는 굉장히 예스러운 음악이 흘러나왔다.

[지금도 기억하고 있어요. 시월의 마지막 밤을. 뜻 모를 이야기만 남긴
채 우리는 헤어졌지요. 그날의 쓸쓸했던 표정이 그대의 진실인가요. 한마
디 변명도 못 하고 잊혀져야 하는 건가요~.]

처음 듣는 음악인데 가사가 귀에 잘 달라붙고, 입에 맴돌았다.
나도 모르게 흥얼거릴 정도였다. 택시 아저씨도 노래를 흥얼거리
며 다시 물었다.

"근데 손님은 만조리에 어쩐 일이신가? 관광하는 거면 송양에나 있지 만조리까지는 잘 안 들어오는 데에."

대답하지 않았다. 하지만 택시 아저씨는 포기하지 않고 또 물었다.

"나도 만조리에 살거든. 근데 여기가 좀 멀리 떨어져 있어서 차가 있는 사람이 아니면 들어오기 힘들어. 들어가기 전에 볼일을 다 보고 들어가는 거요? 거 들어가면 마트고 뭐고 없어서 어지간히 불편한데. 뭐, 그래도 작년에 김 여사가 편의점 차려서 좀 나아졌네만."

나의 침묵에도 아저씨는 혼자 잘 떠들었다. 아저씨 수다와 함께 노래도 계속 잔잔히 흘러나왔다.

[언제나 돌아오는 계절은 나에게 꿈을 주지만. 이룰 수 없는 꿈은 슬퍼요. 나를 울려요…….]

"웅~웅~웅~"

핸드폰이 울렸다. 택시 아저씨는 여전히 혼자서 떠들고 있었다. 나는 개의치 않고 전화를 받았다.

"아, 벼, 변호사님. 네……."

자기 얘기에 심취해 있는 줄 알았는데, 아저씨는 재잘거리던 것을 멈추고 노랫소리도 줄여주었다.

"네? 사, 살인 공모요?!"

너무 놀라 딸꾹질처럼 평범하지 않은 단어를 크게 말해버렸다. 뒤늦게 택시 아저씨 눈치를 살폈다. 다행히 아저씨는 작게 틀어놓은 노래를 흥얼거리고 있었다.

"그, 그게 무슨 말이에요?"

나는 목소리를 줄이고 다시 물었다.

"어떻게든 수사를 시작하려고 발악을 하는 거죠. 일단 수사기관
은 고소장이 들어오면 사실 확인을 위해서 조사에 들어갈 테니까
요. 보통 사건이 접수되고 배정되는 것까지도 시간이 걸리는데, 사
건도 사건이고 루머도 있고요. 얼마 전에 기자들도 다녀간 것도 다
박형사의 계산이었을 거예요. 아마 처음부터 이럴 생각이었겠죠."

"혀, 형사가 그래도 되는 건가요?"

"유리한 카드가 있으면 써야죠. 박 형사는 꽤 영리한 사람이에
요. 그 난리를 치고도 괜히 그 자리를 보존하고 있는 게 아니에요."

'그 난리'라는 말이 귀에 들어왔다.

"바, 박 형사님이……"

택시 아저씨 눈치를 살피고 계속 말을 이어갔다.

"바, 박 형사님은 저, 저한테 왜 이렇게 집착하시는 걸까요?"

박 형사가 궁금하기도 했지만, 최변을 떠보고 싶기도 했다.

"딸이 실종됐어요. 수사는 했지만 결국 못 찾았고요."

안타까운 마음도 있었지만, '그래서?' 하고 무신경하고 이기적
인 마음도 작동했다.

"주변 사람들은 어딘가에 살아 있을 거라고 했지만, 부모 입장
에서는 그것도 고문이죠. 험한 꼴을 당하는 건 아닌지…… 그럴 바
에 차라리 죽는 게 낫다고 생각하게 되고요."

반면 최변은 마치 박 형사가 된 것처럼 말했다. 이성적인 그에게 의외의 모습이었다. 이런 그가 정작 박 형사에게는 로봇처럼 구는 게 이상하기도 했다.

　"박 형사는 딸이 죽었다고 생각하고 있어요. 그렇게 해서라도 범인을 잡으려는 거죠."

　"네? 그, 그게 무슨 말이에요?"

　"실종 사건 수사는 한계가 있거든요. 사망이나 납치로 전환하면 새로운 사건으로 접근하고 수사를 시작할 수 있으니까요."

　그 화살이 나에게 꽂혔다는 것에 깊은 한숨이 나왔다. 떠나기 전 박 형사가 했던 말이 다시 생각났다.

　"아무튼 고소장은 접수되었고, 아직 수사할 형사는 배정되지 않은 것 같습니다. 저희 쪽도 미리 준비해야죠. 제가 말씀드렸던 서류는 준비해 주셨나요? 계약서랑 작가님 개인 서류들요."

　뒤늦게 생각났다.

　"어, 어쩌죠? 다 준비해 놨는데, 제가 멀리 나와 있어요."

　"네? 어디신데요? 오늘 필요하긴 한데……"

　"마, 만조리에……."

　"아…… 그럼 오늘 돌아오시기는 힘드시겠네요. 차 편도 많지 않은 동네인데. 이걸 어쩌지……."

　"서, 서류는 집에 있어요. 문자로 비, 비밀번호 알려드릴 테니, 가져가세요."

　곤란해하는 최변 목소리에 괜히 내가 다급해졌다. 어차피 책 말

　　　　　　　　　　　　　　　　　　　　　　지하실의 새

고는 아무것도 없는 집이라 상관없었다.

"그래도 될까요? 주인도 없는 집에."

"괘, 괜찮아요."

통화하는 사이 마을에 도착했다. 택시가 속도를 줄이고 입구를 지나가는데 궁서체로 쓴 정석적인 마을 석판이 보였다.

[만조1리 | 해미(海霾)]

영문 모를 찝찝함에 생각에 잠기는데, 노랫소리가 다시 귀를 후벼 파고 들어왔다.

[그날의 쓸쓸했던 표정이 그대의 진실인가요. 한마디 변명도 못 하고 잊혀져야 하는 건가요~.]

노랫소리와 같이 마음이 술렁거렸다. 머리 위로 갈매기 무리가 날아가며 울어댔다. 고양이가 우는 것 같기도 하고, 아이가 우는 것 같기도 했다. 별거 아닌 저 소리 때문에 수녀님 생각이 나버렸다.

보육원에서 누군가 울면 수녀님은 옛날이야기로 울음을 달래주었다. 별거 아닌 이유로 울어대는 아이들에게는 '울지 마라~'하는 진부한 말보다 더 효과적이었다.

"너희 왜 이 마을이 '만조리'인지 아니?"

얼굴도 기억나지 않는 한 남자아이가 미리 합이라도 맞춘 듯 질문했다.

"왜요?"

"'만조'는 늦을 만, 새 조라는 한자야. 만조리가 바다 가장 끝에 있잖아? 그래서 바다에서 물고기 사냥하는 새들이 여기까지 날아오지 못해서 '새가 가장 늦게 날아오는 곳'이라고 해 '만조리'가 된 거야."

"근데 많잖아요, 새. 에이~ 거짓말."

"어허! 수녀님 얘기 안 끝났다? 사실은 '만조'가 '바닷물이 가득 차오른다.'라는 의미도 있거든? 바다엔 뭐가 있지?"

"물고기요."

"그래서 사실 만조리가 바다였다는 얘기가 있어. 그래서 새가 많다는 설도 있지."

성실하게 말대답하던 남자아이가 이번에도 이의를 제기했다.

"흥! 제 동생이 그렇게 큰 만조는 서해 바다에만 있는 거라고 했어요!"

수녀님은 아주 잠깐 그 남자아이를 지긋이 바라봤다. 그리고 나지막하게 말했다.

"동생이…… 아주 똑똑하구나."

"맞아요."

남자아이는 갑자기 시무룩해졌다.

"머, 먹을 게 많아서……"

그때 내가 그런 말을 웅얼거렸다. 무슨 생각으로 그 말을 했는지 모르지만, 내가 그 말을 했다는 것은 분명히 기억한다. 그리고 내가 들을 수 있었던 마지막 이야기였다.

당연하겠지만, 마을은 많이 변해있었다. 도로는 새로 개편해 깔끔하게 다듬어져 있었고, 몇몇 집과 건물은 새로운 지은 것 같이 깔끔했다. 하지만 서로 경계하듯 멀찍이 떨어져 있는 건물들 때문에 고개를 열심히 움직여 둘러봐야 했다. 듬성듬성 서 있는 집들 사이로 편의점 하나가 눈에 들어왔다. 바로 어제 개업했다고 해도 될 만큼 가장 새것 같고 깨끗했다. 야외에 놓여 있는 파라솔에는 물때조차 없었다. 홀로 다른 그림체처럼 어색했지만, 나에게는 가장 익숙해 가장 먼저 그 문을 밀고 들어갔다.

손님 하나 없는 조용한 편의점, 나도 모르게 눈치를 보다가 냉장고에서 보리차를 꺼내 계산대로 가져갔다.

"1,500원입니다."

주섬주섬 지갑을 꺼내 카드를 내밀었다. 하지만 계산대를 지키던 여자 알바는 카드를 받지 않고 나를 뚫어지게 쳐다봤다.

"왜, 왜요?"

"아, 죄송해요. 딴생각하다가. 포인트나 적립 없으세요?"

"어, 없어요."

계산을 마치고 나가는데도 여자는 끝까지 나에게서 시선을 떼지 않았다. 결국 도둑이라도 된 것처럼 도망치듯 편의점을 나와버렸다.

아까까지는 목이 마르지는 않았는데, 눈앞에 물이 보이니 괜히 갈증이 났다. 물병의 절반을 급하게 비웠다. 입가에 묻은 물을 훔치며 마을을 다시 둘러봤다. 그제야 새삼 이곳에 온 것이 실감났다. 아니, 돌아왔다. 제 발로 이곳에 찾아올 거라고 상상도 못 했다. 하지만 마치 다른 마을로 잘못 온 것 같았다. 흙길에 아스팔트를 깔고, 건물 외벽을 좀 수리했다고 이렇게 낯선 느낌이 들 줄 몰랐다. 아니, 18년 만에 돌아온 집이 어색하면서 익숙한 그런 느낌이다. 그래도 몸은 이곳을 기억하는지 자연스럽게 발길을 옮겼다.

마음이 잔뜩 쪼그라들었다. 누가 뭐라 한 것도 아닌데, 괜히 이곳이 불편했다. 그때 거리를 빗질하고 있던 아저씨가 나에게 인사를 했다.

"안녕하세요~!"

습관처럼 흠칫하고 뒤로 물러나 버렸다. 비명만 지르지 않았을 뿐이지 도시의 비둘기를 보고 호들갑 떨던 여자들과 다를 바 없었다. 민망했던 아저씨는 나를 힐끔 노려보더니 가게 안으로 들어가 버렸다. 아까 편의점에서부터 뭔가 엉킨 느낌이었다. 아저씨가 들어간 가게 간판을 올려다봤다. 철물점과 전파사가 붙어 있는 가게, 요즘 스타일인 스카시 간판을 달고 있었다. 제대로된 이름도 없이 '철물점', '전파사'가 전부면서 요즘 유행하는 옷을 갖춰 입느라 꽤나 애를 쓴 느낌이었다. 마을 대부분이 이러했다. 구식인 본모습을 억지로 숨기고 아닌 척하는 어색한 느낌이었다. 아까 편의점을 빼고.

마을 중심부를 벗어나 걸음 속도를 높였다. 얼마 걷지 않았지만 상점도 사람도 많지 않았다. 발이 이끄는 대로 몸이 기우는 대로

20여 분을 걸었다. 그리고 멈춰선 눈앞에는 아까 분위기와 전혀 다른 건물이 보였다. 보육원이었다. 칠이 다 벗겨진 철문에 '루치아 보육원' 간판이 그대로 걸려 있었다. 세로쓰기로 간단하게 적어 놓은 명패 위에 먼지가 잔뜩 껴있었다. 지나오면서 본 간판들과 너무 차이가 나서 괜히 더 허름해 보였다. 그 옆에 광고 스티커들이 다닥다닥 붙어 있던 흔적이 보였다. 다 떼어내려고 애쓴 것 같은데 더 지저분해 보였다. 그 중 지독하게 살아남은 스티커 하나가 보였다.

[보고 시]

애매하게 잘려있는 글자, 괜히 더 눈에 들어왔다. 눈을 돌려 주변을 살펴봤다. 보육원은 허름했지만, 뒤에 커다란 산을 업고 있어 멋스러워 보였다. 그리고 맞은편에는 갈대숲이 넓게 펼쳐져 있었다. 보육원에만 갇혀 있었던 내가 이곳을 답답하게 여기지 않았던 게 바로 저 갈대숲 덕분이었다. 고요함 속에서 갈대들이 서로의 머릿결을 빗겨주는 소리는 내가 가장 좋아하는 소리였다. 다시 고개를 돌려 철문 사이로 안을 들여다봤다. 작은 화단이 있는 2층 가정집, 내가 기억하고 있던 그 모습 그대로였다. 하지만 전처럼 깨끗한 모양새는 아니었다. 그제야 철문에 붙어 있는 글씨를 발견했다.

[임대 | 송양 한결 부동산 033-645-1313]

안도의 한숨을 내쉬어 버렸다. 무심결에 내뱉은 한숨에 나도 놀랐다. '이렇게 다 없어지면 얼마나 좋을까.'하고 생각한 적이 있긴 하다. 나를 알고 있던 모든 존재가 다 사라진다면, 원인 모를 불안도 가실 것 같았다. 그 순간 비집고 올라오는 불온한 생각에 또다시 흠칫했다. 아까와 다른 종류의 한숨을 내쉬며, 부디 내가 모르는 과거가 내가 살인자가 아님을 증명해 주기를 바랐다. 불안이 다시 가슴을 뚫고 목 끝까지 올라왔다. 올라오는 불안을 삼키고 발길을 돌렸다. 그때 황금빛 갈대숲 사이에 검은 형체가 보였다.

눈을 잔뜩 찡그리고, 고개를 빼서 초점을 맞췄다. 잘 보이지 않았지만 검은 물체는 움직이고 있었다. 사람이었다. 분명히 사람이었다. 그것이 나를 빤히 쳐다보고 있어 알 수 있었다. 나와 눈이 정면으로 마주치자 그는 씨익 하고 웃었다. 그리고 갑자기 갈대숲을 헤치며 도망가기 시작했다. 내 몸은 당연하게 그를 뒤쫓았다. 목 끝까지 올라오던 불안은 헐떡이는 숨으로 바뀌었다. 심장이 터질 듯 뛰었다.

검은 형체와 똑같이 갈대를 헤치며 미친 듯이 달렸다. 하지만 거리는 좀처럼 좁혀지지 않았다. 입에서 신맛까지 났다. 한계는 진즉 왔었다. 애초에 되지도 않는 체력으로 달리느라 시야에서 그를 놓친 지 오래였다. 결국 주저앉았다. 발자국 소리도 어떤 인기척도 들리지 않았다. 나는 넘어갈 거 같은 숨을 규칙 없이 내쉬었다. 금방이라도 죽을 것 같은 숨소리였다. 꿈속에서 익숙하게 듣던 소리였다. 정신이 혼미해졌다. 오히려 이게 꿈인가 싶어 가장 최근에 칼을 댄 팔뚝을 꽉 잡았다. 따끔거렸다. 현실이었다.

숨이 점차 안정적으로 잦아들었다. 흙바닥에 아무렇게 누워서 머리 위로 지나가는 갈매기를 올려다봤다. 바다 근처에서 물고기를 사냥하고 있어야 할 녀석이 이 먼 곳까지 무슨 일로 왔을까. 갈

　　　　　　　　　　　　　　　　　　　　　　　　　지하실의 새

매기가 시야에서 사라지자 발자국 소리가 들려왔다. 나는 다시 벌떡 일어나 앉았다. 발자국 소리는 점점 가까워지고 있었다. 도망쳐야 하는 건가? 아니면 쫓아야 하는 건가? 하지만 다리에 힘이 풀려서 아무것도 할 수 없었다. 주머니 속에서 작은 칼을 만지작거렸다. 바로 내 뒤통수까지 다가와 내 어깨를 잡았다.

"헤이!"

위협도 되지 않을 작을 칼을 주머니에서 꺼내 뒤로 다가온 사람에게 휘둘렀다.

"워, 워……."

30대 초반의 젊은 남자였다. 남자는 양 손바닥을 보이며 뒤로 물러섰다. 남자의 오른쪽 팔에 문신이 있었고, 모자부터 신발까지 전부 검은색이었다. 한국어와 영어를 이상하게 섞어 쓰며 얘기했다.

"진정. I was just worried about you."

그의 행동과 말투, 외모까지 절대 이 촌구석에 있을 사람 같지 않았다.

"갠차나요?"

남자는 중학생 같은 말투로 다시 물었다. 하지만 의심스러운 그에게 내 목소리조차 들려주고 싶지 않았다. 나는 아무 대답도 하지 않았다. 그리고 뒤도 돌아보지 않고 갈대숲을 빠져나왔다. 혹여 남자가 쫓아올까 불안해하며 급하게 걸었다. 하지만 남자는 그러지 않았다. 그저 나를 쳐다보는 것 같았다. 뒤를 돌아보지 않았지만,

시선이 느껴졌다. 누굴까? 내가 쫓던 사람은 누구이며, 왜 도망쳤을까? 또 저 남자는 누구이며, 왜 이곳까지 들어왔을까? 수상하고 의심스러웠다. 빼곡한 갈대를 헤치고 나와 겨우 사람이 다니는 길로 나왔다. 손과 옷은 흙투성이에 갈대 이삭까지 덕지덕지 붙어 만신창이었다. 대충 털어내며 옷매무새를 정돈하는데 깨달았다. '아, 나도 수상하구나.' 이곳과 어울리지도 않고, 외진 곳까지 숨어든 이런 나야말로 가장 의심스러운 사람이 아닌가.

해가 짧아졌다. 마을에 있는 숙소를 구할 수밖에 없었다. 기본적인 것만 갖춘 마을엔 상점도 적었고, 그 외에는 모두 가정집이었다. 가정집도 그리 많지 않았다. 원래도 사람이 많은 마을은 아니었지만, 더 줄어든 것 같았다. 그래도 송양시가 관광지여서 펜션 같은 숙소가 있어 머물 곳은 구할 수 있었다.

내일은 이 마을에서 떠날 계획이었지만, 그럴 수 있는지 확신이 서지 않았다. 낮에 있었던 일로 생각지 못한 일이 생겨버릴 것 같아 불길했다. 의도치 않게 길게 머무르게 될 것 같아 불안했다.

예리하게 추리하지 않아도 [네가 누군지 알아.] 의문의 게시글 출처가 될 수 있는 곳은 이곳밖에 없었다. 두려웠지만, 궁금증도 못지않게 컸다. 그가 나에 대해 알고 있는 것이 무엇일까? 내가 잃어버린 기억에 대한 것일까? 내 꿈에 대한 것일까? 살인에 대한 것일까? 의문 중 뭣하나 평범한 게 없었다. 수많은 사람들의 삶을 훔쳐보고 아무도 모르는 것을 알고 있으면서, 정작 나에 대해서는 아

지하실의 새

는 게 없었다.

갑자기 갈증이 났다. 채우지 못한 나에 대한 물음표를 다른 것으로라도 채우고 싶었다. 주머니에 있는 칼이 만져졌다. 궁금증에 칼을 계속 만지작거렸다. 결국 참지 못하고 칼을 그어 꿈속으로 들어갔다.

[비둘기에게 먹이를 주지 마세요.]

현수막이 보였다. 현수막을 지나쳐 한 난간에 설치된 플라스틱 먹이통으로 날아갔다. 아파트 베란다 난간에 달린 먹이통에 머리를 박고 사료를 쪼아 댔다. 고개를 들어 먹이를 넘기면서 집 안을 들여다봤다. 내 집이었다.

사실 아파트에 새를 불러들이고 있는 건 나였다. 꿈 때문에, 호기심에 먹이통을 설치하고 사료를 넣어 놓았다. 구차한 변명이 앞서 있지만, 사실 그들에게 연민을 느끼고 있었다. 또 동질감도 느끼고 있었다. 그래서 이렇게 초라한 방식으로 새들을 불러들였다.

새가 되어 내 집을 들여다본 건 처음이었다. 최근 들어 꿈이 점점 나와 가까워지는 것 같았다. 언젠가 내가 나를 보게 되는 날도 있을까? 그 생각을 하니 알 수 없는 공포감에 휩싸였다. 마침 집 안에서 소리가 들려 허튼 생각에서 벗어날 수 있었다.

창밖에 있었지만, 집 안은 선명하게 잘 보였다. 거실 그리고 문이 열려 있는 서재가 보였다. 그때 현관 센서등이 켜졌다. 누군가 집안에 들어왔다. 현관 센서등은 그리 길지 않았다. 다시 금방 꺼지고 집 안은 다시 어두워졌다. 빛을 한번 얻고 잃은 공간은 전보다 더 어둡게 느껴졌다. 그래서 주인 없는 집에 함부로 들어온 자가 누구인지 보이지 않았다. 하지만 그도 사정이 같았는지 직접 거실 불을 켰다. 최변이었다. 뒤늦게 내가 그에게 도어락 비밀번호를 알려준 것이 생각났다. 인간이 알고 있는 것보다 새는 훨씬 영리하다. '새대가리'라는 표현이 잘못 인용되고 있다는 걸 그 누구보다 내가 잘 경험하고 있다. 그런데 그걸 금세 잊어버린 거 보면, 문제는 나에게 있는 것 같았다.

최변은 전화로 말했던 서류를 가지러 온 듯했다. 그는 내가 알려준 대로 식탁 위에 있는 서류를 집어 들었다. 하지만 곧장 나가지 않고 거실 한가운데에 멈춰 섰다. 그리고 내 서재 쪽으로 몸을 틀었다. 최변은 방문 앞에 가서 들어가지 않고 멀뚱히 서 있었다. 그의 뒤통수만 보고는 무슨 생각을 하는지, 무엇을 보고 있는 것인지, 짐작 할 수 없었다. 꿈은 그렇게 싱겁게 끝이 나버렸다.

4.
처음 만난 오래된 친구

짐을 모두 챙겼다. 애초에 하루만 머물 작정이었기 때문에 숙소도 1박만 예약했다. 많지도 않은 짐을 주섬주섬 챙기며 괜히 굼뜨게 움직였다. 어제 꿈에서 본 최변이 머릿속에서 떠나지 않았다. 하지만 그에게 물어볼 수도 없는 노릇이었다. '어제 저희 집에서 뭘 보고 계셨던 거예요?'라고 물어보는 건 소름 끼치지 않은가.

　의도치 않게 최변에게 대부분의 비밀을 털어놨다. 그가 모든 걸 믿지 않는다는 것쯤은 알고 있다. 누가 그런 미친 소리를 믿겠는가. 분명 그저 정신적 문제라고 생각할 거다. 아니면, 내가 그렇게 믿고 싶은 것일지도 모르겠다. 다행인 건 그가 내 변호사라는 것이다. 정신병이든 망상이든 나에게 유리한 쪽으로 써주길 바랄 뿐이다. 하지만 여전히 박 형사 말이 마음에 걸렸다. 최변이 오래전부터 나에 대해 조사를 했다는 것이 사실일까? 확인할 수 없는 추측만 난무하니, 어제 꿈에 대한 의구심이 더 커졌다. 최변이 궁금해졌다.

　결국 짐을 싸던 손을 멈췄다. 핸드폰을 집어 들고, 숙소 사장에게 문자를 보냈다.

[어제 숙박한 사람인데요. 1박 더 연장하고 싶습니다.]

문자를 보내고 한참을 기다렸지만, 답장이 오지 않았다. 난 전화를 그다지 좋아하지 않았다. 하지만 체크아웃 시간이 다가와 어쩔 수 없이 전화를 걸었다. 이 숙소 사장도 어지간히 수상했다. 숙박비를 입금하자마자 바로 숙소 현관 비밀번호를 문자로 보내줬다. 바로 입금을 확인한 것도 신기했지만, 별다른 안내도 없이 현관 비밀번호 네 자리만 보낸 것도 황당했다. 돈만 주면 다 상관없는 건가? 수상한 주인은 긴 신호 다음에야 전화를 받았다.

"여보세요?"

중년의 여성 목소리였다. 짧은 말도 까칠하게 느껴졌다.

"어, 어제 1박 한 사람입니다. 이, 이제 나가려……"

"어딘데?"

말을 잘라먹은 것도 모자라 반말을 했다. 퉁명스럽고 무례한 말투에 잠깐 당황했지만, 일단 묻는 말에 대답했다.

"여, 여기 나동이요. 하, 하루 더 연장하려고요."

"오옹~ 연장하시려 하는 거였구나~. 당일 연장이라 할인은 안 되는데 괜찮죠? 이런 거로 컴플레인하는 손님들이 있어가지고오~."

여사장의 태도는 종잇장 넘어가 듯 가볍게 바뀌었다. 왠지 그녀에게 호구로 잡힌 것 같았지만, 별로 상관없었다.

"근데 체크아웃한 줄 알고 우리 애가 청소하러 갔거든? 걔 만나면 그냥 가라고 돌려보내서도 되요옹~. 숙박비는 어제 계좌로 바로 입금하면 되고."

120   지하실의 새

여사장은 입을 오므리고 애교 섞인 말투로 말했다. 역했다. 하지만 말투만 친절하게 바뀌었지, 무례한 것은 여전했다. 나는 더 대꾸하지 않고 끊었다.

여사장과 통화를 끝내고 핸드폰을 만지작거리며, 잠시 망설이다가 전화를 걸었다.

"벼, 변호사님. 저, 저희 집에서 서류는 챙겨 가셨나요?"

아, 어색했다. 본격적으로 떠볼 생각은 아니었지만, 책 읽듯 말한다고 그가 이상하게 생각할까 봐 긴장됐다.

"네, 작가님. 어제 잘 찾아갔습니다. 작가님은 집에 오셨나요?"

양아버지가 늘 혀를 찼던 이 말투 덕분인지 의심없이 넘어간 것 같았다.

"아, 아뇨. 아직…… 만조리에 있어요."

"그렇군요……. 뭔가 찾으셨나요?"

이제 별거 아닌 공백도 신경이 쓰였다.

"보, 보육원에 갔는데 문을 닫았더라고요. 그, 그래서 아무것도 찾지 못했어요, 아직은."

"그렇군요."

최변은 '그렇군요.'를 반복했다. 어떤 감정도 느껴지지 않아 더 '그렇지 않은 것' 같았다.

"하, 하루 더 있으려고요. 뭐라도…… 성과가 있어야죠."

내 나름대로 그에게 먹잇감을 던졌다. 역시 어색했지만, 처음으로 머저리 같은 이 말투가 유용하다고 생각했다.

"그렇군요."

또 '그렇군요.' 였다. 흐리멍덩하게 구는 것이 그 같지 않았다. 하지만 곧 빠릿빠릿한 말투로 다시 돌아왔다.

"일단 알겠습니다. 상황을 공유해 드리면, 사건번호는 확인했고요. 곧 작가님에게도 연락이 갈 겁니다. 원래는 수사가 시작되는 데에도 시간이 꽤 걸리는데……."

최변이 말끝을 맺지 못하고 잠깐 주저했다.

"사전에 말씀드린 것처럼 사건이 사건인지라 예상보다 더 빠르게 진행될 거 같습니다. 그렇다고 당장 기소되진 않겠지만, 댁에 계시지 않으면 의심이 커질 수도 있어요. 무슨 단서든 어느 정도 찾으셨다면 하루빨리 돌아오시는 게 좋을 거 같습니다."

나를 진심으로 걱정하는 목소리였다. 조금 혼란스러웠다. 외줄타기를 하고 있는 그에 대한 신뢰가 불안하게 흔들렸다. 하루라도 빨리 어느 한쪽으로 정해졌으면 했다.

11시였다. 원래대로라면 이 방을 비워줘야 했을 시간이었다. 아까 여사장이 말한 '걔'가 언제 올지 알 수 없었다. 마냥 기다릴 수 없어 신발을 신었다. 현관을 나서려고 문을 열자 밖에서 여자 비명소리가 들렸다. 너무 놀라서 나도 모르게 다시 문을 닫아버렸다. 문손잡이를 잡은 채 굳어 있는데, 밖에서 문을 세게 두드리기 시작했다.

"저기요! 문 좀 열어보세요!"

살짝 화가 난 목소리였다. 자동으로 잠기는 문 덕분에 성난 여자를 바로 마주하지는 않았다. 하지만 문은 두드리는 소리가 점점 더 거칠어 졌다. 나는 우왕좌왕하며 문 열기를 망설였다. 하지만 더 늦게 열면 안 될 거 같았다. 아까와 다르게 천천히 현관문을 열었다. 문 앞에 한 여자가 이마를 문지르고 서 있었다. 여자는 인상을 잔뜩 찡그리고 나를 올려다봤다. 낯이 익었다.

"죄, 죄송합니다. 사, 사람이 있는 줄 몰랐⋯⋯어요."

미안함과 민망함에 더 심하게 더듬었다.

"아니, 뭐. 좀 아프긴 한데 괜찮아요."

여자는 아직도 이마에서 손을 못 떼고 있으면서 나긋하게 사과를 받아주었다. 여자는 큰 장바구니를 어깨에 들쳐 메고 있었다. 얼마나 많은 것을 쑤셔 넣었는지, 청소솔과 고무장갑이 서로 탈출하겠다고 난리였다. 딱 봐도 아까 여사장이 말한 '애'이자 '개'인 것 같았다.

"처, 청소하지 않으셔도 돼요. 1박 더 머무를 예정이거든요. 이, 입금도 했고요. 여기."

괜한 오해를 받고 싶지 않아 입금한 내역을 보여주려고 핸드폰을 꺼내 손가락을 분주하게 움직였다.

"됐어요. 안 보여주셔도 돼요. 제 돈도 아니고 이모가 조용한 거 보면 맞겠죠."

여자는 여사장은 '이모'라고 불렀다. 하지만 그 단어를 살갑게 말하는 느낌은 아니었다.

"그럼, 쓰레기통만 비우고 나갈게요. 괜찮죠?"

안 괜찮았다. 하지만 어째서인지 거절할 수 없었다. 여자는 성큼성큼 안으로 들어와 메고 있던 장바구니를 내려놓았다. 장바구니가 바닥에 닿자 '쿵!'하고 소리가 났다. 저 무거운 걸 무덤덤하게 들고 있었다니 난 속으로 감탄했다. 나는 그녀가 나올 때까지 주인을 기다리는 강아지처럼 현관을 지키고 서 있었다. 여자는 금방 정리하고 다시 성큼성큼 돌아와서 신발을 신었다. 여자의 신발은 낡을 대로 낡아 있었다. 여자가 손에 들고 있는 쓰레기봉투에 당장 넣어도 이상하지 않을 만큼. 여자는 그런 신발에 발을 대충 쑤셔 넣었다. 여자의 발이 현관문 밖으로 나가기를 기다리는데, 가지런히 내 앞에 멈춰 서 있었다. 의아해 고개를 들었더니 여자가 나를 빤히 쳐다보고 있었다.

"왜, 왜요?"

"우리 어디서 보지 않았어요?"

"네……?"

그제야 내 앞에 서 있는 사람이 어제 편의점 알바라는 걸 알아챘다. 하지만 당황한 나머지 모른 척했다.

"그, 글쎄요……."

여자는 생각날 때까지 자리에서 움직일 생각이 없어 보였다. 결국, 견디지 못하고 내가 먼저 입을 열었다.

"그, 그 어제 편……"

"어? 어! 너 혹시 하진이 아니야? 김하진 맞지?"

여자는 내 말은 자르고 먼저 정답을 외쳤다. 하지만 생각하지 못한 답에 당황스러웠다. 나는 귀신을 본 것 마냥 여자를 두고 도망치듯 나와버렸다. 누구지? 나를 어떻게 알지? 다시 나를 알고 있다는 익명의 게시물이 생각났다. 심장이 미친 듯이 뛰었다.

정신없이 걸어 마을 입구까지 나와버렸다. 차가 한 대도 다니지 않는 한산한 대로변에 정승같이 서 있었다. 하지만 마음은 우왕좌왕 조금도 가만히 있질 않았다. 나를 아는 사람을 찾겠다고 이곳까지 왔는데, 막상 만나니 겁이 났다. 하지만 이대로 떠나는 것도 발이 떨어지지 않았다.

"그래……. 하, 하루. 딱 하루만."

고작 하루를 더 있는 것인데, 부실하게 짐을 챙긴 탓에 이것저것 필요했다. 경치가 전부인 마을에서 물건을 살 수 있는 건 어제 들른 편의점밖에 없었다. 아까 내 이름을 부른 여자가 있을까봐 주저하다가 결국 편의점에 들어갔다. 문을 밀고 들어가자 문에 달린 종소리처럼 크고 카랑카랑한 목소리가 들려왔다.

"너는 애가 왜 이렇게 융통성이 없니?!!"

음성도 말투도 참으로 기분 나쁜 목소리였다. 듣기만 해도 체할 것 같은 목소리, 먹은 것도 없는데 명치가 꽉 막힌 느낌이었다.

"그냥 바코드 두 번 찍으라고 했잖아. 같이 찍어도 이 동네 노친네들이 뭘 알아?! 그리고 발주는 왜 이렇게 많이 넣었어? 이번에 재고 남으면 네 월급에서 깔 거니까 그런 줄 알아!"

쉬지 않고 비난을 쏟아내는 목소리, 어디선가 들어본 것 같았다. 용기없는 몸뚱이가 또 쓸데없이 호기심은 많아 물건을 고르는 척하며 근처에 다가갔다. 힐끔 훔쳐본 목소리의 주인공은 아담한 키에 풍성한 체구를 가진 아줌마였다. 50대 중반으로 보이는 아줌마는 화려하게 염색한 짧은 쇼트커트에 더 화려한 장신구를 목과 손에 차고 있었다. '내가 그 졸부다.'라고 굳이 표시하고 싶어하는 것 같았다.

"에이 씨, 이 볼펜은 왜 이렇게 똥이 많이 나와?! 애! 물티슈 좀 가져와! 손에 다 묻었네. 염병!"

짜증이 잔뜩 섞인 목소리로 '애'라고 말하는 걸 듣고 나서야 그녀가 누구인지 알아챘다. 숙소 여사장. 고개를 돌려 여사장을 다시 보려다가 그 옆에 서 있는 사람을 보고 놀라서 매대 뒤로 숨었다. 그 옆에는 아까 현관에서 마주쳤던 여자가 서 있었다. 추리할 것도 없이 그들의 주종 관계가 이해됐다.

"오늘 1박 연장한 곳 있으니까. 내일 나가는 시간에 제대로 나갔는지 없어진 건 없는지 확인하고 바로 나한테 문자 남겨놔. 오늘 야간은 누구니?!"

내 얘기가 나오니 제 발 저리며 고른 물건을 조용히 내려놨다. 그리고 몰래 나가려고 조심스럽게 문 쪽으로 움직였다.

"오늘 오전 오후 시재 맞는지 두 번씩 확인해 보고."

"믿지도 않으면서 시재는 왜 또 맞추래? 동전 하나에 부르르 떨

거면 직접 하던가."

여자가 중얼거렸다. 혼잣말 같았지만, 여사장을 모르게 말할 생각은 없는 것 같았다. 멀리 있는 나한테까지 들렸으니.

"뭐 이년아?! 먹여주고, 재워주고, 일자리까지 줬더니 지금 뭐라고?!!"

"먹는 것도, 자는 것도, 일하는 것도 내 몸뚱이가 다 했는데 왜 이모가 해줬다고 말하는 거예요? 저 대신 똥이라도 싸주셨어요?"

여자의 말을 듣고 있자니 듣는 사람 심장이 더 쪼그라들었다.

"이게 진짜 미쳤나?!!!"

여사장의 손이 높이 올라갔다.

"딸랑-!"

나는 급하게 편의점 문을 열고 닫았다. 혹시라도 내가 온 걸 못 알아챘을까 봐 헛기침까지 하며 어필했다. 처음 해보는 소심한 오지랖이었다. 내가 왜 그랬는지, 어떻게 그럴 수 있었는지 모르겠다.

여사장은 머쓱하게 손을 내렸다. 얼굴에는 아쉬움이 가득했다. 그 휘황찬란한 손으로 한 대 갈겼어야 성이 풀렸나 보다. 여사장은 불만이 가득한 표정으로 카운터 밖으로 나와 나를 위아래로 훑어봤다. 그리고 '쯧' 혀를 차고 밖으로 나가버렸다. 돈을 쥔 손님에게는 친절한 줄 알았는데, 아니었다. 여사장은 입금에만 반응하는 것 같았다.

여사장이 떠나고 민망함에 아무거나 마구 집어서 한아름 품에 안고 계산대로 갔다. 결국 도망쳤던 여자 앞에 제 발로 섰다. 여자는 나를 빤히 쳐다봤다. 아마 3초, 나에겐 길게 느껴졌다. 여자는 내가 가지고 간 물건들의 바코드를 찍기 시작했다.

"신분증 좀 보여주세요."

"네, 에?"

여자가 작은 네모 상자를 흔들어 보였다. 아무거나 집어 들고 간 물건들 안에 콘돔이 있었다.

"이, 이거 사는데 시, 신분증 필요 없잖아요."

"되게 잘 아시네요?"

여자의 말에는 여유가 넘쳤다. 그래서 더 당황했다.

"그, 그게 아니라 자, 잘못 가지고 온 거예요. 빼고 계산해 주세요."

"그래도 신분증 보여주셔야 하는데요?"

여자는 라이터를 집어 들면서 어깨를 으쓱했다. 이상했다. 마구잡이로 집어 들기는 했지만, 라이터를 고른 기억은 정말 없었다. 애초에 라이터는 카운터 위에 있었다. 여자 짓이었다. 왜 이렇게 나에게 집요하게 구는지 알 수 없었다. 일단 빨리 벗어나고 싶어 주섬주섬 신분증을 꺼내 건넸다.

"맞네! 김하진!"

여자의 얼굴에 화색이 돌더니 반가운 목소리로 말했다.

"나 기억 안 나?!"

여자는 반갑다며 펄쩍펄쩍 뛰었지만, 나는 더 난감할 뿐이었다.

　　　　　　　　　　　　　　　　　　　　　　　　　　지하실의 새

흥분한 그녀를 앞에 두고 오만가지 시나리오를 머릿속에 펼쳤다. 하지만 그 시나리오 중 어떤 걸 선택해야 적당히 이 상황을 벗어날 수 있을지 고민됐다.

"어……어, 어. 기억, 나지……."

여자 조끼에 있는 명찰을 힐끔 훔쳐봤다. '권진희'라고 적혀 있었다. 그리고 자신 없는 목소리로 말했다.

"지, 진희……야."

나답지 않게 가장 모험적인 시나리오를 택해 버렸다. 멍청한 새끼, 그다음엔 어쩌려고…….

"어떻게 지냈어? 너 진짜…… 그대로다. 어렸을 때 모습이 남아 있어."

잠깐이지만 여자, 아니 진희도 나를 흘깃 훑어봤다.

"진짜 너무 오랜만이다. 17년? 18년? 만이던가?"

진희가 말한 숫자가 귀에 와서 꽂혔다. 18년, 내가 딱 이 마을을 떠났을 무렵이다. 그럼 기억을 잃고 난 전 혹은 후에 만난 것 같은데, 전혀 기억이 나지 않았다. 그나마 확신할 수 있는 건 진희를 만난 건 이 만조리 마을이라는 것이다. 진희가 알고 있는 것이 궁금했다. 나의 무엇을 기억하고 있을까? 나는 어떤 사람이었을까? 머릿속에 궁금한 것들이 가득했지만, 마음과 다르게 어떤 물음표도 던질 용기가 나지 않았다. 진희는 마저 계산하며 물건을 봉투에 담았다.

"이거 진짜 안 사?"

진희는 콘돔을 다시 흔들었다.

"엑, 네. 아니. 어! 아, 안 사……!"

너무 당황한 나머지 목소리가 어긋났다. 진희는 손으로 입 주변을 가리고 키득키득 웃었다. 대범한 성격에 비해 얌전한 웃음이었다.

"나 도와주려고 이런 거지? 고마워."

"아…… 어……."

오해가 풀린 것 같아서 다행이었다. 하지만 등에는 땀이 한바가지 맺혀 있었다.

"근데 여긴 어쩐 일이야?"

간단한 질문인데, 바로 대답하지 못했다. 살인 누명을 벗기 위해 혹은 살인자를 찾으러 또는 기억을 찾으러…… 이 중 어떤 걸로 대답할 수 있겠는가.

"수, 수녀님 뵈러 왔어."

무심결에 말해 버렸다. 내가 뱉고서 당황해하고 있는데, 진희 손이 멈췄다. 그리고 약간 놀란 듯한 눈으로 나를 바라봤다.

"혹시 우리 오빠는??"

이해 못할 문장이 아닌데, 당최 무슨 말인지 이해할 수 없었다. 진희와 나 둘 사이에 누군가 한 명 더 있는 것 같았다.

"우리 오빠 어떻게 됐는지 알아?"

모르는 사이 진희가 내 소매를 붙잡고 있었다. 그리고 겁에 질린 표정으로 조심스럽게 물었다. 전에 최변이 보육원 아이들 행방을 알 수 없다고 했던 게 생각났다.

"모, 몰라…… 나, 난 1년도 안 되어 입양돼서……."

지금 내가 해줄 수 있는 가장 최선의 대답이었다. 진희는 내 대답을 듣고 꽉 잡았던 소매를 놔주었다.

"미안. 미안해. 내가 한동안 오빠를 만나러 못 왔거든. 멀기도 했고…… 못 가게 하기도 해서."

"그, 그럼 오빠는 지금 어, 어디에……."

뭐가 뭔지 모르겠지만, 지금 풀어야 하는 문제는 그 '오빠'라는 사람이었다. 하지만 내 질문에 진희는 급격하게 어두워지더니 고개를 절레절레 흔들었다.

"이제 없어, 이 세상에. 시신도 못 찾아서 마지막 모습도 못 봤고, 장례도……."

나는 다음으로 물어볼 것을 질문하려고 용기를 쥐어짜고 있었는데, 진희의 대답에 말하려던 것이 쏙 들어갔다.

"장지에도 빈 항아리가 들어가 있어. 엄마는 그 빈 항아리를 안고 밤낮으로 울다가 오빠 옆에 들어갔고."

"어?!"

너무 놀라 나도 모르게 큰 목소리가 튀어나왔다.

"돌아가셨다고. 덕분에 혼자 두 사람 장지비 내느라 저 표독스러운 인간이랑 아웅다웅하며 지내고 있지."

진희는 피식 작게 웃으며 얘기했다. 하지만 여전히 슬픈 얼굴이었다.

"그보다 수녀님을 만나러 왔다고?"

"으, 응."

"근데 거기 가지 마."

진희는 단호한 어조로 말했다. 아까부터 앞에 맥락을 자르고 말해서 말을 이해하기 어려웠다. 내가 고개를 갸웃하니 진희가 설명을 덧붙였다.

"아, 보육원이 문을 닫기도 했고. 그리고 너무 오래전이라 모르나? 마을에 괴담 있잖아. 보육원 맞은편에 갈대숲에 가면 다시 못 돌아온다는 괴담. 나도 근처에 한번 갔다가 순이 할머니한테 크게 혼났어. 뭐, 가고 싶지 않기도 하고."

"왜?"

"그냥 기분이 나빠서."

진희는 얘기하다 말고 생각에 잠겨서 잠깐 말을 멈췄다.

"그리고 난 여기서 반드시 벗어나야 하거든. 그런데 못 돌아와 버리면 안 되잖아?"

뒤에서 다른 손님이 들어오는 소리가 들렸다.

"어서 오세요~. 다음에 또 얘기하자. 아무튼 절대로 가지 마."

진희는 재차 경고했다. 그녀에게 물어보고 싶은 것이 더 있었지만, 봉투를 들고 물러났다. 편의점 문을 밀고 나가려는데 뒤통수에 진희의 명랑한 목소리가 들려왔다.

"선생님 또 이거 드세요? 이거 카페인 함량 진~짜! 높은데?!"

"나 있던 나라에선 이거 그냥 음료."

어색한 문장력과 말투 어디선가 들어본 것 같았다. 궁금했지만,

그대로 문손잡이를 밀고 나왔다. 편의점에서 한참이나 멀어졌는데도 진희의 복잡한 표정이 머릿속에서 떠나지 않았다.

요즘 거의 매일 같이 칼을 긋고 있다. 종종 일부러 꿈을 꾸려고 칼질을 하기도 했는데, 이렇게까지 적극적인 적은 없었다. 하지만 그 어느 때보다 가장 절실하게 새가 될 필요성을 느꼈다.

꿈에서 눈을 뜨자마자 쥐 한 마리를 낚아채었다. 물 냄새가 나는 상공을 날아 나무에 걸터앉았다. 그리고 '웅-웅-'하고 울며 발톱으로 천천히 쥐의 심장을 찔렀다. 어두운 밤에 활동하는 새가 되면 어지간히 바쁘다. 새가 되어도 내 의지대로 움직일 수 있지만, 짐승의 본능은 어찌할 수 없었다. 본능이 늘 먼저였다.

손안에서 한 생명이 조용히 꺼져가고 있는데, 나뭇잎들이 부딪히는 소리 사이로 콧노래가 들려왔다. 주변을 둘러보니 어딘지 가늠이 되지 않았다. 일단 내 아파트는 아니었다. 오늘 최변을 보기는 그른 것 같았다. 내 의식은 콧노래를 부르는 사람을 쫓아갔다. 하지만 본능은 움켜쥔 쥐를 완전히 죽이는 데 집중했다. 그렇게 콧노래를 부르는 사람을 쫓아 한 단독주택 울타리에 걸터앉았다. 2층으로 된 깔끔한 단독주택, 조금 돈 칠을 한 것 같은 집이었다. 늦은 시간이라 그런지 불이 다 꺼져있었고, 2층에 방 하나만 불이 켜져 있었다. 그리고 그 안에 누군가 책상에 엎드려 잠이 들어 있었다.

콧노래를 부르던 사람은 마당을 가로질러 현관까지 갔다. 그리고 주머니에서 짧고 뾰족한 칼을 꺼냈다. 칼을 손에 쥔 채로 현관 비밀번호를 눌렀다. 그 순간에도 콧노래를 멈추지 않았다. 현관문은 '삐-! 삐-!' 소리를 내며 시끄럽게 경고했다. 하지만 의문의 사람은 포기하지 않고 다시 번호를 눌렀다. 그때 방에 엎드려 있던 사람이 뒤척였다. 뒤척이며 고개를 돌리니 진희 얼굴이 보였다. 의식은 놀라 날개를 크게 펼쳤다가 접었다. 의문의 사람은 콧노래를 부르는 것도 문을 여는 것도 멈추지 않았다. 또 뾰족한 칼도 손에서 놓지 않았다. 본능은 그를 따라 쥐 사체를 더 세게 움켜쥐었다. 마음이 조급해졌다. 하지만 할 수 있는 게 없었다.

"삐- 삐- 삐- 삐-"

도어락 경고음이 울려대기 시작했다. 그러자 반대로 의문의 사람은 콧노래를 멈췄다. 그 사람은 아무 일 없었다는 듯이 돌아서서는 왔던 길을 돌아갔다. 그는 다시 콧노래를 흥얼거렸다.

잠에서 깨어 가장 차가운 물로 세수를 했다. 거울 속 초라한 행색을 보고 뒤늦게 무기력감을 느꼈다. 이런 기분은 처음이었다. 낯익은 사람을 보고 느끼는 낯선 자괴감에서 벗어나 보겠다고 또 팔 안쪽에 칼을 대었다. 흘러나오는 피를 보며 꿈속에서 의문의 사람이 들고 있던 짧고 뾰족한 칼이 생각났다.

꿈속 의문의 사람은 기이할 정도로 신사적이었다. 창문을 깨거나 강제로 문을 여는 방법도 있었을 텐데 굳이 현관 비밀번호를 눌렀다. 그가 누군지 모르겠지만, 진희가 위험할 뻔한 것은 분명했다. 이 마을에 뭔가 있다.

나는 너무 당연하게 편의점으로 향했다.

"어서 오세……!"

진희는 명랑하게 인사를 하다가 나인 것을 발견하고 고개를 푹 숙였다. 나는 무언가 이상해 곧장 계산대로 다가갔다. 진희의 뺨이 심하게 부어있었다. 꿈속에서는 분명 현관문은 열리지 않았는데, 이상했다.

"아, 이건 말야……"

진희가 머쓱하게 뺨을 만졌다. 대충 변명거리를 찾는 거 같았지 만 누가 봐도 맞은 흔적이었다. 서로 할 말을 잃었다. 계산대를 사 이에 두고 어색한 적막이 흘렀다.

"이, 이모님이 그러신 거지?"

어렵게 생각하지 않아도 짐작할 수 있는 사람이 한 사람뿐이었 다.

"뭐, 평소엔 나도 지지 않는데! 하하……"

진희는 웃음으로 웃어넘기려 했지만, 그래서 더 하루 이틀 일이 아니란 것을 알았다.

"아! 그러고 보니 넌 일하고 있는 거야? 무슨 일 해? 휴가 내고 온 거야?"

진희는 급하게 말을 돌리려고 질문을 와다다 쏟아냈다.

"아…… 그냥 아, 앉아서 하는 일 하고 있어. 으, 응. 휴가 맞아."

나는 쓸데없이 성실하게 또 애매하게 답했다. 하지만 그중 거짓

말은 없었다.

"아~ 사무직이구나. 부럽다. 난 임용 준비만 2년째야. 시험이 되던 오빠를 찾던 둘 중 하나……."

진희는 무심결에 말을 뱉고 놀라 자신의 입을 막았다.

"오, 오빠를 찾아?"

진희는 주변을 두리번거리며 또 들은 사람이 없는지 살폈다. 편의점 안에 본인과 나 둘밖에 없다는 걸 확인하고 나서야 입에서 손을 뗐다.

"무, 무슨 말이야……?"

"아니야. 못 들은 거로 해줘."

그렇게 말해 놓고는 참지 못하고 먼저 입을 연건 진희였다.

"사실 나……, 오빠 찾으러 왔어."

또 다. 또 무슨 말인지 이해되지 않아 또 고개를 갸우뚱했다.

"우리 오빠…… 살아 있는 거 같아. 뭔가 좀 이상하거든……."

터무니없는 말에 입이 절로 벌어졌다. 그러다가 어제 진희가 한 말이 생각났다.

"서, 설마 그래서 갈대숲에……"

내 말이 다 끝나지 않았는데, 손님이 들어왔다. 작은 동네에 왜 이렇게 손님이 많은가 싶었지만, 생각해 보니 물건을 살만한 곳이 여기밖에 없었다.

"어서 오세요. 잠깐만 하진아, 오늘 저녁에 뭐 해?"

"오, 오늘? 왜?"

　　　　　　　　　　　　　　　지하실의 새

"만나서 얘기해 줄게. 오랜만에 만났는데 술도 한잔하고."

혼자가 편하고 모니터와 마주하는 게 더 익숙한 나에게 불편한 것들의 연속이었다. 편하지는 않지만 궁금했다, 진희가 그리고 진희가 하려던 말이. 다만 문제는 내가 단 한 번도 술을 마셔 본 적이 없다는 것이었다.

"나 7시에 교대야. 그때 여기서 보자."

"어, 7시……."

얼떨결에 수락 같은 말을 해버렸다.

5.
얌전한 뻐꾸기의 울음

최변에게서 전화가 왔다. 통화버튼을 누르는 손가락에 땀이 흥건했다. 숨을 고르고 전화를 받았다.

"여, 여보세요?"

"작가님, 어디세요?"

뭔가 다급해 보이는 목소리였다.

"저 아, 아직 만조리에 있어요."

"아직요? 하……."

최변은 크게 한숨을 내쉬었다. 그리고 다시 말했다.

"수사에 착수한다고 합니다."

"네?!!"

거의 비명처럼 말해버렸다.

"예상했던 것보다 빠르게 진행되고 있어요. 근데 그게 문제가 아니라."

이제 진짜 살인 공모 수사를 받게 됐는데, '그게 문제가 아니라.'니. 다음에 나올 말을 듣고 싶지 않았다.

"그 게시글 보셨어요?"

"어, 어떤……?"

"작가님이 말한 '그' 익명의 게시물 있잖아요."

다른 곳에 정신이 팔려 잊고 있었다.

"수정되어 있더라구요. 보셨어요?"

나는 귀에서 핸드폰은 떼고 바로 게시글이 있는 페이지에 들어갔다.

[네가 누군지 알아. 어서 와.]

핸드폰을 그만 떨어뜨리고 말았다. 최변의 말대로 게시물은 수정되어 있었다. 정확히는 환영의 메시지가 더해져 있었다. 떨어진 핸드폰에서 최변의 목소리가 작게 들려왔다.

"혹시 만조리에서 무슨 일이 있었나요? 짐작이 가는 거라도 있으세요?"

나는 아무 말도 하지 못했다. 온몸의 피부가 오돌토돌 올라와 덩달아 상처까지 따끔거렸다.

"작가님! 작가님?!"

나는 핸드폰을 겨우 주워 들어 다시 귀에 가져갔다.

"이, 이제 어쩌죠? 어, 어떻게 해야……할까요?"

"일단 돌아오시는 게 좋을 거 같아요. 이게 단순한 장난이 아니라면, 지금 범인은 작가님이 어디에 있는지 알고 있다는 건데. 자칫 작가님이 위험해질 수도 있어요. 그리고……."

갑자기 바람이 불어 최변의 말이 들리지 않았다. 바닷바람은 유난히 덩치가 커서 날씨랑 관계없이 태풍 같았다.

"죄, 죄송해요. 잘 못 들었어요."

"아, 그러니까……"

최변이 다시 말하는데, 이번엔 최변 쪽에서 큰바람이 불어 들리지 않았다. 이상했다. 내 근처에 있던 바람이 그새 그쪽까지 갔던 걸까?

"최, 최 변호사님, 어디……세요?"

"네? 왜요?"

"아, 아니에요."

찝찝한 기분이 다시 머리를 아프게 했다.

약국을 찾았다. 멀리 떨어져서 내외하는 상점들 때문에 약국 하나를 찾는데 한참을 헤맸다. 어릴 적 나에겐 여기가 전부였기에 부족함을 몰랐는데, 이제 와서 보니 참으로 황량했다. 분교도 문을 닫았고, 근처 문구사나 작은 분식집도 문을 닫은 채 여러 세월을 보낸 것 같았다. 정육점도 보였지만 그 역시 문이 닫혀 있었다. 그 중심에 덩그러니 작은 파출소만 남아있었다. 덕분에 약국의 위치를 물어볼 수 있었다.

약국에 들어가니 바로 할머니 손님이 보였다. 그리고 그 옆에 한 아저씨가 한량처럼 의자에 앉아 커피를 홀짝거리고 있었다.

"어! 그때 그 손님이구먼."

아저씨는 내 쪽을 돌아보며 말했다. 나를 여기로 태워다준 택시 아저씨였다.

"영길아, 나 저기 앞까지 데려다 다오."

머리가 완전히 하얗게 센 할머니가 택시 아저씨를 '영길'이라고 친근하게 불렀다. 할머니는 한 손에는 약봉지를, 한 손은 택시 아저씨 손을 잡았다. 그리고 아저씨 손을 지지대 삼아 걸었다. 할머니는 택시 아저씨의 손을 잡고도 한발 한발 불안하게 걸었다. 보고 있는 사람이 조마조마할 정도였다. 하지만 택시 아저씨는 익숙하게 할머니를 기다려 주었다. 그리고 할머니 걸음에 맞춰 신사처럼 약국 문을 열었다. 두 사람이 거의 밖으로 나갔을 때 카운터 안쪽에서 흰 가운을 입은 중년 여성이 나왔다. 약사의 가운 왼쪽 가슴에는 궁서체로 '진광 약국'이라고 새겨져 있었다.

"어떤 게 필요하세요?"

"여, 열이 좀 나서요."

"아이고, 제가 잠깐 손 좀 올려봐도 될까요?"

약사는 예의 있고 다정했다. 나는 고개를 끄덕였다. 약사의 손이 내 머리보다 차가워 기분이 좋았다.

"일단 해열제 줄게요. 병원에 꼭 가봐요."

약사는 해열제를 꺼내면서 계속 말했다.

"못 보던 얼굴인데 관광? 근데 이 동네는 병원이 없고, 저기 송양까지 나가야 하는데……."

"네에……."

"놀러 왔는데 아파서 어쩐대. 관광 온 거면 어차피 송양에 나갈 거죠? 내일은 꼭 병원 가요."

      지하실의 새

약사 말이 끝나자마자 뒤에서 '도로록'하고 약국 문이 열리는 소리가 들렸다. 택시 아저씨였다. 얼마나 빨리 달린 건지 그는 금방 돌아왔다. 택시 아저씨는 아까 앉아 있던 자리에 가서 다시 똑같이 앉았다. 그 자리까지 가는 그의 걸음이 약간 아까 할머니를 닮은 것 같았다. 하지만 겨우 몇 걸음이라 정확하진 않았다. 택시 아저씨는 다 식어버린 커피를 홀짝거렸다. 그리고 택시에서 흥얼거리던 노래를 흥얼거렸다. 택시에서는 몰랐는데, 아저씨는 생각보다 체구가 작았다. 하지만 쥐고 있는 종이컵이 우스워 보일 정도로 팔과 손이 굵고, 거칠고 또 단단해 보였다.

"딱 우리 아들 또래 같은데, 아프다고 하니 맘이 아프네."

"흥! 망나니 같은 게 무슨 아들이라고."

"어머! 남의 아들한테 그게 무슨 막말이에요?"

약사는 택시 아저씨 혼잣말을 귀신같이 듣고 호통을 쳤다.

"망나니든 망태기든 내 아들이에요. 말 함부로 하지 마셔요."

약사는 정색하며 엄하게 말했는데도 따뜻하게 느껴졌다. 그녀는 다시 나에게로 몸을 고개를 돌려 말했다.

"우리 아들도 병원 가라고 하면 그렇게 안 가더라고. 매일 읍내로 출근하면서 말이야. 자, 여기 약이요. 병 키우지 말고 병원 꼭 가봐요. 알았죠?"

약사가 건네는 카드를 돌려받아 지갑에 넣는데 택시 아저씨가 내 지갑 위로 무언가 쑥! 들이밀었다.

"자자, 이건 공짜. 혹시 모르니까 가져가요."

택시 아저씨의 명함이었다. 노란 바탕에 검고 굵은 고딕체로 쓴 심플하고 촌스러운 명함에는 '개인택시'와 '대리운전' 그리고 전화번호만 크게 적혀 있었다. 너무 흔한 촌스러움에 기시감이 들었다.

"이 아저씨가 또 남의 가게에서 영업하네?!"

그의 이런 행동은 하루 이틀 일이 아닌 듯했다.

"어허! 다 상부상조하는 거지. 아픈 거 같은데, 병원 가야 할 때 콜해요. 5분! 5분이면 달려갑니다."

방금 전까지 투덕거리던 두 사람은 농담을 주고받으며 까르르 웃었다. 두 사람의 대화는 참으로 재미없고도 평화로웠다. 나와 너무 무관한 평범함이라 낯설고 간지러워 조용히 고개만 꾸벅하고 밖으로 나왔다. 숙소로 가는 길에 약국에서 산 해열제를 입에 털어 넣었다. 삼킨 건 분명 해열제인데, 잠이 몰려왔다. 숙소에 도착하자마자 병든 닭처럼 고꾸라져 잠에 들었다.

눈을 뜨니 7시 23분이었다. 젠장, 늦었다. 진희와 약속한 시간이 훌쩍 넘어 버렸다. 언제 잠들었는지 기억조차 나지 않았다. 행여 진희가 그냥 집으로 갔을까 봐 편의점으로 달려갔다.

달리는 게 익숙하지 않아 어설픈 달리기로 편의점 앞에 도착했다. 다행히 진희는 떠나지 않았다. 진희는 편의점 앞 간이 테이블에서 다른 누군가와 술잔을 기울이고 있었다. 어두워 잘 보이지 않았지만, 진희의 목소리가 쩌렁쩌렁 들리는 게 이미 조금 취한 것 같았다. 나는 서둘러 진희에게 갔다. 그리고 옆에 앉은 사람을 보

지하실의 새

고 멈칫하고 걸음을 멈췄다. 갈대숲에서 만난 남자였다. 그는 진희 옆에 앉아 술잔을 부딪치고 있었다. 갈대숲 남자라는 것을 알고 당황했지만, 발을 돌리기엔 너무 가까이 와버렸다.

"어! 하진아! 왜 이렇게 늦었어?! 안 오는 줄 알았잖아아-!!"

진희는 살짝 꼬인 혀로 말했다. 하지만 남자에게서 시선을 뗄 수 없었다. 첫사랑이라도 만난 것처럼 남자의 뒤통수를 빤히 쳐다봤다. 남자가 내 쪽을 돌아봐 눈을 마주치고 나서야 퍼뜩 정신이 들어 시선을 돌렸다.

"아, 이분은 준! 준 티쳐. 저기 송양에 있는 영어학원 선생님이야. 편의점에 지~인짜 자주 와서 친해졌어. 그쵸오?"

진희는 꼬인 혀로 준을 소개했다.

"준, 이쪽은 아까 말한 프렌드. 올드 프렌드!"

진희는 나를 마저 소개하고 의자를 꺼내 앉으라고 재촉했다. 준도 나에게 악수를 청했다. 그는 나를 아무렇지 않게 대했다. 나를 기억 못 하는 것인지, 못하는 척하는 것인지 알 수 없었다. 그래서 더 긴장되었다.

"준이에요. 미국 시카고에서 왔어요."

그의 소개를 듣고 그제야 그의 말투가 왜 그렇게 이질적이었는지 이해됐다. 혼자만의 생각에 빠져 준이 내민 손을 잡지 않고 있었다. 준은 민망했는지 손을 거뒀다. 안 그래도 어색했는데, 더 어색하게 만들어 버렸다. 젠장, 멍청이.

처음 가져보는 술자리, 기억에 없는 오래된 친구와 의심스러운 남자와 한자리에 있으려니 숨이 막혔다. 하지만 진희를 혼자 두고 일어날 수는 없었다. 그러기엔 준이 여러모로 의심스러웠다. 이 어색한 분위기를 이겨보겠다고 앞에 보이는 맥주를 들이켰다.

"너! 이렇게 늦어 놓고 술만 축낼 거 아니지?!!"

진희는 보기보다 더 취해 있었다. 진희에게 물어볼 게 많았는데 어려울 것 같았다.

"언제- 여기, 왔어요?"

대화가 불가능한 진희를 두고 준이 입을 열었다. 준의 말투는 어색했지만 알아듣는 데 문제는 없었다. 하지만 이 대화가 어디로 흘러갈지 몰라 가능한 못 알아듣는 척하고 싶었다.

"이, 이틀 전에……"

전략적으로 짧게 대답을 했다. 무례해 보일까 봐 말꼬리를 내리며 얘기했는데, 마침 진희가 말을 끊어주었다.

"내가 돈이 아까워서 그러는 게 아니라! 돈이! 돈이 없어! 에휴…… 우리 엄마~ 우리 오빠~ 방값 내야 하는데에……! 크큭, 방값이래!"

진희는 혼잣말을 크게 외치더니 마지막엔 실성한 것처럼 웃었다.

"심지어 우리 오빠 유골함은 빈 항아리다? 그래서 전화해 놓고 아무말도 못 한 건가? 헤헤……. 내가 저 지이~랄 맞은 이모 때문에 오빠 시신도 못 찾고. 어?!"

행여 여사장이 나타나 진희 얘기를 들을까 봐 조마조마해 미어캣처럼 목을 빼고 주변을 살폈다. 하지만 조마조마해 하는 나와 달리 준은 진희만 빤히 보며 술을 홀짝였다. 그의 눈빛은 남자가 여자를 보는 그런 끈적한 눈빛이 아니었다. 측은한 눈빛도 아니었다. 설명할 수 없는 복잡미묘한 그의 눈빛에 의심은 더 커졌다. 진희는 얼마 가지 않아 술에 완전히 취해 팔에 얼굴을 묻고 잠에 들었다. 얼떨결에 준과 독대하게 됐다. 그 어색함을 견디기 힘들어 연거푸 맥주를 들이켰다.

"여, 여기 온 지는 얼마나 됐어요?"

나답지 않게 준에게 먼저 말을 걸었다.

"왜요?"

그는 대답대신 질문을 하며 씩 하고 웃었다. 그는 그저 웃었을 뿐인데 나를 깔보는 것 같아 살짝 자존심이 상했다.

"구, 궁금해서요. 왜, 대답하기 곤란한가 봐요?"

평소 나답지 않게 말에 가시를 섞었다. 하지만 준은 기분 나빠하기는커녕 키득키득 웃었다. 열이 겨우 내렸는데, 다시 화끈거렸다. 나는 오기에 끈질기게 굴었다.

"대, 대답을……"

"한 달? 넘었어. 나, 입양아라 한국에 살아 보고 싶었거든요. 내가 사는 미국 집도 도시라 컨트리에 살아 보고 싶어서."

"아."

아까 올라온 오기가 한 번에 꺼졌다. 그에게 연민을 느낀 건 아니었다. 하지만 같은 입양아로서 약간의 동질감이 들긴 했다. 그렇다고 그에 대한 의심이 사라진 건 아니었다.

"나, 알죠?"

일부러 맥락 없는 짧은 질문을 던졌다.

"Yeh- I know you."

"그때 왜, 왜 거기 있었어요?"

목이 탔다. 또 맥주를 들이켰다. 맛이 나쁘지 않았다. 준의 대답을 캐내면서 어쩌면 몇 캔 더 마실 수 있을 거 같았다.

"그때? 그때 언제? 하진이 미친 사람처럼 뛰던 그날?"

"미, 미친……!"

민망함에 또 맥주를 들이켰다.

"거긴 왜 갔냐고요. 어, 어디서부터 본 거예요? 아니 어디에 있었어요?"

맥주를 마셨는데 오히려 평소보다 더 똑바로 말할 줄 알게 되었다. 말 한마디에 맥주 한 모금을 번갈아 가며 바쁘게 움직였다.

"내 러닝 코스. 나는 자주 가요. 아~ 혹시 그거 때문에 그래?!"

준이 무언가 말하려는데 옆에서 자고 있던 진희가 깨어났다. 그리고 준에게 엉겨서는 술주정을 하기 시작했다.

"준, 준 오빠아…… 우리 준~! 우욱……."

진희는 속에 있는 것을 토해내더니 다시 앞으로 쓰러졌다. 진짜 자리를 파해야 할 것 같았다. 진희를 집에 데려다줘야 했다. 지난 꿈처럼 누군가 다시 진희를 해치려 할지도 모른다. 일어나서 진희를 부축하려는 데 눈앞이 핑하고 돌았다.

눈꺼풀이 시렸다. 뺨도 뜨겁고 따끔한 것을 보니 아침인 것 같았다. 눈을 뜨려는데 그것조차도 잘되지 않았다. 겨우 실눈을 뜨며 눈을 비볐다. 그런데 눈을 문지를수록 따가웠다. 겨우겨우 힘겹게 한쪽 눈을 떴다.

"어?!"

너무 놀라 외마디 육성이 튀어나왔다. 희미한 시야에 검붉은 피가 잔뜩 묻어 있는 내 손이 보였다. 고개를 들어 창문에 비친 내 얼굴을 봤다. 피범벅이었다. 창밖에서 누가 볼까 급하게 몸을 숨겼다. 그러다가 소파에서 굴러떨어졌다. 다시 정신을 추스리고 주변을 둘러봤다. 내가 머무는 숙소였다. 어떻게 여기 온 건지 전혀 기억이 나지 않았다.

몸을 낮추고 화장실까지 갔다. 겨울이 오려면 아직 한 계절을 더 보내야 하는데, 이른 추위를 맞은 사람처럼 온몸이 떨렸다. 서둘러 손과 얼굴에 묻은 피를 씻어내는데, 물비린내와 피비린내가 섞여 헛구역질이 났다. 결국 세수하다 말고 변기를 붙잡았다. 겨우 세수를 하고 나와 거실에 앉았다. 한 거라곤 세수밖에 없는데 진이 다 빠졌다. 도대체 누구의 피일까? 세수하면서 내 몸 곳곳을 살펴봤지만, 그렇게 많은 피가 날 만한 상처는 없었다. 팔 안쪽 상처에도 피한 방울 맺혀 있지 않았다. 되려 잘 아물고 있었다. 쓸데없이.

핸드폰을 만지작거렸다. 당장 최변에게 전화하고 싶었지만 주저됐다. 만조리로 떠나기 전, 박 형사가 한 말이 집요하게 나를 괴롭혔다. 그렇게 한참을 고민하다가 결국 통화버튼을 눌렀다. 전화기 신호음이 유난히 길게 느껴졌다. 핸드폰을 잡고 있는 손도 심하게 떨렸다. 설마 내가 사람을…… 아니, 그럴 리 없다. 절대 그럴 리 없다. 비집고 올라오는 스스로에 대한 의심을 필사적으로 외면했다.

"여보세요?"

수화기 너머로 들리는 익숙한 목소리에 안도감이 몰려왔다. 경직된 감정이 흘러내리는 것 같았다. 이렇게 되니 이성적으로 생각하고 말하는 게 불가능했다. 이성보다 감정이 앞서 쏟아져 나와 버렸다.

"저, 저는 안 죽었어요. 그런데……."

"네? 그게 무슨 말이에요? 작가님, 무슨 일 있으세요?!"

"자, 자고 이, 일어났을 뿐인데 손에 피, 피가……."

"네? 피요? 일단 좀 진정하시고요. 기억나는 거 없어요?"

"어제…… 술을 머, 먹어서. 기, 기억이 없어요."

뻐근한 머리통을 다시 쥐어짜 봐도 아무 기억이 나질 않았다.

"일단 돌아오세요. 이러다 정말 큰 일 날 것 같네요."

"……."

큰 일? 지금 이보다 더 큰 일이 있을까? 전화를 끊고 바로 짐을 챙겼다. 짐을 챙기는 중에 갑자기 진희 얼굴이 눈앞에 스쳐 지나갔다.

"설마……."

짐을 싸던 손을 멈추고 급하게 신발을 신었다. 신발도 꺾어 신고 나가려는데, 전화가 울렸다.

지하실의 새

"작가님!"

당연히 최변일 줄 알았는데, 출판사 담당자였다.

"작가님 어떻게 되신 거예요! 연락도 안 되고 메일에 답도 없으시고. 게다가 언론에는 난리가 나서는……."

"죄, 죄송해요. 제가 지금 멀리 와서. 사, 사건 관련해서 피, 필요하면 그 최강운 변호사님과 통화하세요."

"어? 그 변호사님이랑 하시기로 했군요? 좀 특이해서 걱정이 되긴 했는데."

건성으로 통화하다가 담당자의 말에 걸음을 멈췄다.

"트, 특이하다뇨?"

"아~ 제가 얘기 안 했나요? 작가님께 추천했던 변호사 대부분 기존에 협업한 적 있는 분들인데 그 최……."

"최강운 변호사요."

나도 모르게 또박또박 말했다.

"맞다. 최강운 변호사는 저희에게 먼저 연락이 왔어요. 작가님에게 변호사가 필요하지 않냐고."

"그, 그게 무슨."

"변호사들은 그렇게 직접 영업을 하기도 하니까요. 그래서 그런가 보다 했죠. 작가님을 콕 집어서 얘기한 건 여전히 이상하지만."

"……."

"찾아보니 그 변호사가 '살인자 변호사'로 유명하더라고요."

"사, 살인자 변호사요?"

"네, 그동안 살인 용의자를 많이 변호했더라고요. 형사 출신 변호사가 악인을 변호한다고 손가락질을 꽤 당한 거 같던데."

머리가 깨질 것 같았다. 하지만 숙취는 아니었다.

"작가님 루머도 있는데, 지금 그 변호사가 붙어서 지금 언론에서 더 난리 치는 거 아니에요? '루머가 아니었다.'느니 사실화하면서요. 아무튼 작가님, 응? 여보세요? 작가님?!!"

나는 다음 말을 잃었다. 어떻게 해야 할지 완전히 길을 잃어 걸음마저 멈춰섰다.

넋이 나가 정처 없이 한참을 걸었다. 몸이 무의식적으로 보육원을 향했다. 보육원으로 가는 길은 하나였다. 그 길목에 들어섰는데 어쩐 일인지 사람들이 모여 있었다. 이 마을에 와서 이렇게 사람이 많은 건 처음 봤다. 웅성거리는 사람들 사이에서 곡소리가 들려왔다.

도시에 비하면 많은 사람은 아니었다. 그래서 비집고 들어갈 필요 없이 빈틈을 찾아 훔쳐봤다. 누군가 홀로 바닥에 주저앉아 곡소리를 내고 있었다. 하얀 가운은 입고 있어서 한 번에 알아볼 수 있었다. 어제 나에게 약을 준 약사였다. 약사는 하얀 천에 싸여있는 무언가를 부둥켜안고 울고 있었고, 그녀의 하얀 약사복은 검붉게 물들어 엉망이 되어 있었다.

"아들이라지? 그……."

사람들이 수군거리는 소리가 들렸다.

"그래, 그 매일 사고나 치고, 돈 해 먹으면서 속만 썩이는 놈 있잖아."

"없느니 못한 아들이라지만, 그래도 가족이라곤 저 하나뿐인데. 쯧쯧……."

"근데 대가리만 없다며?"

"뭐? 대가리가 없어?"

아무리 천으로 가리고 있다지만, 사람들은 시체를 눈앞에 두고 조금도 거북해 하지 않았다. 오히려 '대가리'라고 수군거리며, 동물원 원숭이를 보듯 구경했다. 죽은 사람이 인간 노릇 못하는 인간이라서 그런 건지, 아니면 마을 사람들이 예의가 없는 것인지 알 수 없었다. 그때 천 아래로 핏기없는 손이 툭! 하고 떨어졌다. 그러자 사람들이 더 크게 웅성거렸다.

"저게 뭐래?"

핏기를 잃은 손은 검은 깃털을 움켜쥐고 있었다. 나는 그 검은 까마귀 깃털을 보고서야 숙취가 깼다. 그리고 속에선 역한 술 냄새와 함께 잊고 있던 어제 꿈이 올라왔다.

습한 공기였다. 비가 오진 않았지만 들이마시는 공기가 습하게 느껴졌다. 주변을 둘러보니 멀리 물가가 보였다. 하지만 그것이 바다인지, 계곡인지, 호수인지 알 수 없었다. 그만큼 어두워 앞이 잘 보이지 않았다. 인간의 눈이었다면 이마저도 보이지 않았을 것이다. 멀리 갈대 이삭이 흔들리는 소리가 들렸다. 그 너머로 보육원도 보였다. 어쩌면 진희가 가지 말라고 했던 그곳에 와있는 것 같았다. 적막 속에서 이삭 소리만 나부끼는데, 발자국 소리가 들렸다. 한 사람이 이쪽으로 걸어오고 있었다.

의문의 사람은 낚시 가방을 메고 있었다. 낚시에 어울리는 벙거지 모자도 푹 눌러쓰고 있었다. 그는 흙길 한복판에서 낚시라도 하려는지 낚싯대를 꺼내 들었다. 그리고 나무가 울창한 곳으로 낚싯대를 휘둘러 낚싯바늘을 던졌다. 길게 늘어난 낚싯줄이 달빛에 반짝였다. 본능적으로 그쪽으로 날아갔다.

본능은 낚싯바늘 주변을 서성이며 탐냈다. 하지만 낚싯바늘은 나무에 꽤 단단히 꽂혀 있었다. 나는 그걸 가져가겠다고 나무를 쪼아 댔다. 그렇게 무아지경이다가 어딘가에서 느껴지는 인기척에 멈췄다. 본능을 이긴 것 같지만, 이것도 본능이었다. 생존 본능. 분명 조금 전까지 낚싯줄을 던진 사람이 보였는데, 지금은 보이지 않았다. 그의 인기척을 쫓아 주의를 집중하고 있는데, 다른 곳에서 인기척이 느껴졌다.

멀리 한 오토바이가 다가오고 있었다. 분명 아무도 오지 않는 곳이라고 했는데. 우연일까? 필연일까? 어두운 밤, 흙길을 따라 금지된 구역에 들어온 사람이 벌써 두 번째이다. 오토바이는 좁은 골목길을 외줄 타기를 하듯 아슬아슬하게 운전했다. 하지만 길이 좁은 탓은 아닌 것 같았다. 오토바이는 술에 취한 것처럼 비틀거렸다. 그 위에 올라탄 오토바이 주인 역시 노래를 흥얼거리며 기분 좋게 비틀거리고 있었다. 주인 탓에 제대로 달리지 못하는 오토바이가 결국 멈춰 섰다. 시동이 꺼진 건 아니었다.

"여보세요오어!!"

얼큰하게 술을 마신 오토바이 주인은 사납게 전화를 받았다. 술에 많이 취해 발음이 뭉개져 무슨 말을 하는지 거의 알아들을 수가 없었다. 하지만 통화는 10초도 안 돼서 끝났다. 오토바이 주인은 궁시렁거리다가 다시 오토바이 핸들을 제대로 잡았다. 그리고 폭주족처럼 입에서 오토바이 소리를 내며 엔진을 달궜다. 그리고 갑자기 기어를 급하게 꺾었다. 오토바이는 무서운 속도로 달리기 시작했다. 그때 낚싯줄이 다시 반짝였다.

낚싯줄은 오토바이가 거의 가까이 도달했을 때 기다렸다는 듯이 팽팽하게 당겨 날을 세웠다. 그리고 빠르게 달려오던 오토바이 주인의 목을 단숨에 잘라냈다. 목을 잃은 몸뚱은 분수처럼 피를 뿜어 댔고, 주인을 잃은 오토바이는 얼마간 달리다가 맥없이 쓰러졌다. 순식간이었다. 순식간에 사람의 목이 잘리고, 순식간에 죽었다. 그때 내 뒤로 다시 인기척이 느껴졌다. 아까 그였다. 깊게 눌러쓴 벙거지 모자 아래로 지저분한 미소가 보였다. 나는 재빠르게 날아올랐다. 하지만 그에게 날개를 잡아 뜯겼다, 아주 약간. 하지만 아주 강하게.

겨우 도망쳤다. 그리고 멀리 떨어져 의문의 사람이 낚싯줄을 회수하는 것을 지켜봤다. 아까 잡아 뜯긴 왼쪽 날갯죽지가 얼얼했다. 멀어져 더 이상 산 사람도 죽은 사람도 보이지 않았다. 하지만 습한 공기 속에서 피비린내가 더 진해졌다.

뒤늦게 경찰차가 도착했다. 경찰차에서 50대 초반의 남자와 그보다 훨씬 젊어 보이는 여자 경찰이 내렸다. 나이 든 경찰은 곧장 울고 있는 약사에게 달려갔다.

"은경아!"

"오빠…… 우리, 우리 민규가…… 민규가아!"

두 사람의 관계를 추측하는 것은 그리 어렵지 않았다. 나란히 있는 것만으로도 어떤 관계인지 알 정도로 닮았다. 약사는 거의 실신 직전이었다. 그런데도 경찰은 아무것도 못 하고 무능하게 우왕좌왕하기만 했다. 그런 그에게 함께 온 젊은 여자 경찰이 다가왔다.

"소장님 잠시……"

여경은 그에게 귓속말로 속삭였다.

"뭐? 머리가 없어?!!"

하지만 그다지 의미는 없었다.

"그럼 어쩌지……."

그는 분명 상급자인 거 같은데, 무지함을 아무렇지 않게 드러냈다. 여경은 익숙한지 다시 차근차근 그에게 설명했다. 그리고 묵묵히 제 할 일을 했다. 사람들이 더 접근하지 않게 안내하고, 천을 들춰보며 시신을 살폈다. 한두 번 해본 솜씨가 아니었다. 하지만 소장은 서둘러 현장을 정리하려고만 했다.

"미래 씨, 빨리 사고 처리하고 읍내 병원에 있는 장례식장으로 이송하지."

"네? 왜요? 지금은 현장을 보존해야죠."

소장은 그녀를 '미래 씨'라고 불렀다. 여경은 방금 전 차분했던 모습과 달리 현장에 대해서 호락호락하지 않았다.

"어허~ 왜냐니! 동네 시끄럽게 만들어서 뭐 좋다고. 어서 상황 정리해!"

"하지만 소장님, 이거 누가 봐도……."

여경이 주변은 한 번 더 살폈다. 나는 행여 눈이 마주칠까 봐 사람들 뒤로 숨었다.

"누가 봐도 살인인데 사고라뇨."

"쓉! 조용히 안 해?!"

소장은 큰 목소리로 호통치다가 다시 목소리를 줄이며 말했다.

"이렇게 쪼깐한 마을에 사람이 죽으면 이 사람 중 한 명이라는 건데, 의심병 돌게 만들 일 있어?! 이런 마을에서는 역병보다 무서운 게 그거야!"

"기본 수사조차 하지 않으시겠다고요? 이것 좀 보세요."

여경은 천을 살짝 들쳐 그에게 보여주었다. 들쳐 보여준 시체 주머니에는 검은 깃털이 한 움큼 들어있었다. 그것을 보고 무의식적으로 내 주머니를 만졌다. 그때 주머니에서 무언가 만져졌다.

"머리 뿐만 아니라 오토바이 열쇠도 없어요. 저거 조카분 오토바이 맞죠? 분명 여기까지 운전해 온 것 같은데, 열쇠는 없고……. 누군가 치운 게 분명하잖아요."

속닥거리고 있는 그들을 앞에 두고, 주머니에서 만져진 것을 조심스럽게 꺼냈다. 오토바이 열쇠였다.

"시끄러워. 일 복잡하게 하지 말고 빨리 정리해!"

소장은 계속해서 상황을 정리하려고만 했다. 여경은 무언가 말하려다가 포기하고 다시 입을 다물었다. 그리고 소장 지시대로 주변 정리를 시작했다.

"자, 어서들 돌아가세요. 여기서 이러시는 거 고인에게 실례예요."

여경의 말에 그제야 사람들은 조금씩 움직였다. 나도 누가 볼세라 열쇠를 다시 주머니에 넣었다. 그리고 혼란스러움에 허공을 헤매다가 건너편에 서있는 준과 눈을 마주쳤다. 사람들은 흩어지는데 나는 준의 시선에 붙들려 버렸다. 말하지 않아도 나를 의심하는 눈빛이었다. 그의 눈빛에 붙잡혀 어찌할 줄 몰라 하고 있는데 때마침 읍내에서 구급차가 도착했다. 시끄러운 사이렌 덕분에 겨우 그에게서 벗어날 수 있었다.

시체는 구급차로 옮겨졌다. 약사도 아들의 시체와 함께 구급차에 올라탔다. 식은 시체를 실은 구급차는 곡소리 대신 사이렌 소리를 내며 멀어졌다. 차도 사람도 어느 정도 멀어지자 소장은 바지를 툭툭 털고 일어났다. 그리고 피가 낭자한 현장을 마치 집 앞마당을 치우라는 것처럼 지시했다.

"미래 씨, 여기 깨끗하게 치우고 와. 나 먼저 가서 보고서 작성해 둘 테니. 아이고, 이거 참 별……"

그는 조카를 잃는 삼촌 같지 않았다. 어떻게 저렇게 태연할 수 있지? 얼떨결에 살인자 대신해 현장을 치우는 경찰이 된 여경은 언짢은 표정을 숨기지 못했다. 나는 주머니에 있는 것까지 청소될까 봐 도망치듯 현장을 벗어났다. 걸음을 서두르면서 주변을 둘러보는데 준은 이미 사라지고 없었다.

이상한 것이 한두 개가 아니었다. 마을 사람들의 태도나, 소장의 반응, 열쇠의 동선, 준의 눈빛까지. 하지만 분명한 것도 있었다. 살인자가 이 마을에 있다는 것 그리고 내가 살인자와 접촉했다는 것. 내가 오토바이 키를 가지고 있는 건 살인자와 접촉했다는 것이었다. 그것이 설명하는 더 큰 절망은 나는 그를 모르는데, 그는 나를 안다는 것이다. 불공평했다. 다시 익명의 게시글이 생각났다. '네가 누군지 알아.' 흔하디흔한 말이 오늘따라 유난히 특별하게 느껴졌다. 최변 말대로 하루 빨리 이곳을 벗어나야겠다고 생각했다. 서둘렀다. 하지만 곧 다시 주춤했다. 최변은 믿을 수 있나? 그는 왜 내 변호사가 되려 했을까? 내 편도 의심스러운 상황에 문자가 왔다. 진희였다.

[내일 시간 있어?]

6.
낮게 나는 새

진희 문자 하나에 발을 돌렸다. 이대로 돌아가면, 살인자가 되거나 살인자를 만나 죽임을 당할지도 모른다. 후자가 나을 것 같긴 하다. 아무튼, 진희에게 가야 할 것 같았다. 만나는 사람들마다 신뢰의 외줄타기를 하거나, 의심의 눈치게임을 했다. 하지만 진희와는 달랐다. 그녀 또한 나를 긴장하게 만드는 사람이기는 했으나, 다른 종류의 긴장감이었다. 게다가 살인자의 다음 타깃이 진희가 될 가능성도 적지 않았다. 닿을듯 말듯한 곳에 그가 있다고 생각하니 전보다 더 그가 궁금해 졌다. 다시 칼을 들었다.

　눈을 뜨니 처마 밑 둥지 안 이었다. 떠날 때가 됐는지 둥지는 바짝 말라 있었다. 하지만 떠나지 않고 둥지 안을 맴돌며 처마 아래로 보이는 집 안을 들여다봤다.
　집 안의 물건들은 대부분 오래된 물건 같았지만, 낡은 느낌은 아니었다. 얼마나 곱게 사용했는지 대체로 깨끗했다. 검고 큰 자개 옷장이 벽 한쪽 차지하고 있었고, 그 앞에 빨간 보료가 놓여 있었다. 보료 위에 할머니 한 분이 곱게 잠들어 있었다. 할머니는 연세가 지굿해 보였다. 저물어가는 햇살을 받으며 주무시는 모습이 마치 아기 같았다. 오래된 배경에 고요히 잠든 할머니가 있을 뿐인데, 무어라 설명할 수 없는 평화로움이 느껴졌다. 하지만 습관처럼 불행을 찾았다. 내 꿈이 이렇게 평온할 리 없었다. 단 한 번도 그런 꿈을 꿔본 적이 없었다. 예상대로 이 지나친 평온함이 곧 공포로 바뀌었다.

쥐죽은 듯 고요한 집. 할머니의 속눈썹이 바람에 나부끼는 소리가 들릴 정도로 조용했다. 그때 할머니가 입을 뻐끔거렸다. 할머니 입에서는 가뭄이 난 것처럼 갈라지는 소리가 났고, 아주 미세하게 하얀 가루가 보였다. 할머니는 소리 없는 비명을 지르고 있었다. 생의 세계에 힘겹게 매달리려 했지만, 손가락 하나 움직이지 못했다. 그때 현관문이 열리는 소리가 들렸다.

누군가 집 안으로 들어왔다. 하지만 역시 얼굴은 보이지 않았다. 근거 없는 강한 짐작이 어제 그 의문의 사람일거라는 확신을 주었다. 아직 해도 다 저물지도 않은 시간, 그는 친절하게 신발까지 벗고 할머니가 계신 안방까지 들어왔다. 그의 손에는 50cm가 넘는 기다란 꼬챙이가 들려 있었고, 그것을 들고 할머니에게 다가갔다. 할머니는 그를 보고는 눈을 더 크게 떴다. 그리고 무언의 고함을 지르며 온몸을 바들바들 떨었다. 그는 할머니의 그런 반응을 묵묵히 지켜보다가 할머니를 일으켜 세웠다. 그리고 작업을 시작했다.

그는 익숙하게 자신의 무릎을 지지대 삼아 할머니를 일으켜 세웠다. 그리고 갑자기 할머니 고개를 뒤로 젖혔다. 그의 움직임은 상당히 익숙했다. 하지만 아무리 지켜봐도 무엇을 하려는 것인지 전혀 예측되지 않았다. 그는 대충 자세를 잡고 치과 의사가 환자를 보는 것과 같은 자세로 할머니 얼굴을 마주했다. 그리고 할머니 입을 강제로 벌리더니 만족의 고개를 끄덕였다. 그리고 아까 챙겨온 꼬챙이를 들고 끝을 할머니 입 속에 넣었다. 그러더니 단숨에 찔러 넣었다. 할머니는 죽을 만큼 심한 고통에도 겨우 작은 신음밖에 내지 못했다. 그는 그런 할머니의 고통을 천천히 관찰하며, 꼬챙이를 한 번 더 깊이 찔러 넣었다. 할머니는 온몸의 인대를 바짝 세우고 바들바들 떨었지만, 그것도 얼마 가지 못했다. 몇 분도 안 돼서 할머니는 물에 젖은 미역처럼 영혼을 다 잃고 축 늘어졌다. 오로지 꼬챙이가 꽂혀 있는 목만 빳빳했다. 그 와중에 주변은 피 한 방울 없이 깨끗했다.

"그 노인네, 나이들어서 고개 빳빳한 거 보니 길게 살 뻔 했네. 크크. 그래도 긴 세월 살다가는 황천길인데, 웃으셔야죠."

의문의 사람은 할머니 얼굴을 툭툭 쳤다. 그리고 다시 꼬챙이를 빼고는 할머니 얼굴을 한참 만지작거렸다. 이제 와서 반성이라도 하는 걸까? 아니면 연민인가?

"오래된 고기라 숙성이 좀 필요할 거요. 나중에 찾아갈 테니 그때 다시 봅시다."

그가 떠나고 할머니는 다시 잠에 든 것처럼 보료에 곱게 누워 있었다. 그리고 선명한 미소를 띠고 있었다.

남자가 밖으로 나오자 총알처럼 날아가 그를 공격했다. 본능이었다. 새의 본능이었던 건지, 내 본능이었던 건지 모르겠지만 사정

없이 그를 공격했다. 그러나 그의 손 따귀 한 번에 맥없이 고꾸라졌다. 급하게 둥지로 피신을 했다. 둥지 안에서 방 안이 보였다. 할머니는 여전히 잠든 것 같아 보였다. 그때 할머니 손가락이 미세하게 움직였다.

꿈에서 깨어나 물에서 나온 것처럼 숨을 급하게 들이마셨다. 숨을 다 고르지도 않았는데 무작정 밖으로 달려 나갔다.

달리면서 기억을 더듬었다, 꿈에서 본 것들을. 붉은 벽돌집, 1층 단독주택, 감나무…… 가진 단서가 너무 하찮았다. 작은 마을이지만 마을의 규모가 작지 않았다. 이 마을을 내 걸음으로 다 뛰어다니며, 할머니 숨이 다하기 전에 찾아낼 자신이 없었다. 멈춰 서서 다시 곰곰이 생각했다. 그사이 할머니의 숨은 꺼져가고 있을 텐데 무능하게 발만 동동거렸다. 그때 주머니에서 무언가 부스럭하고 만져졌다. 약국에서 택시 아저씨가 건넨 명함이었다. 주저할 것 없이 전화를 걸었다. 전화번호를 다 입력하지 않았는데도 번호가 자동으로 뜬 덕분에 더 빠르게 전화를 걸었다. 뭔가 이상했지만, 생각할 여유 따위는 없었다. 아저씨는 바로 전화를 받았다.

"아, 아저씨, 여기 콜이요. 5분 아니, 그, 그냥 최대한 빨리 와주세요!"

아저씨는 정말 총알처럼 달려왔다. 나는 차에 올라타 생각나는 단어를 아무렇게나 뱉었다.

"가, 감나무요. 감나무 있는 집이요. 부, 붉은 벽돌집 마당에 감나무 있는 집."

아저씨는 식상하기 그지없는 단서를 듣고 바로 출발했다. 나는 의자에 반쯤 걸터앉아 발을 동동거렸다. 택시는 내 걸음보다 빠르게 달리고 있는데도 초조함이 가시지 않았다.

"여길 거요. 순이 할머니네."

택시가 멈추자마자 곧장 집 현관문으로 뛰어들어 갔다. 그러다 멈칫하고 멈춰 섰다. 발밑에 제비 한 마리가 죽어있었다. 뒤에서 택시 아저씨가 혀를 차는 소리가 들렸다.

"쯧쯧쯧, 문 앞에 새가 죽어있다니. 불길하네."

나는 죽은 새를 뒤로하고 집 안으로 뛰어 들어갔다. 마치 집주인처럼 성큼성큼 들어가 안방문을 열었다. 꿈에서처럼 할머니는 웃으며 잠들어 있었다. 할머니에게서 어떤 미동도 느껴지지 않았다. 하지만 냅다 밖에 있는 택시 아저씨에게 소리를 질렀다.

"119! 빠, 빨리 119요!"

난생처음 보는 할머니를 부둥켜 안고 울먹거렸다. 이렇게 나는 거의 울기 직전인데, 할머니는 변함없이 온화하게 웃고 있었다. 그때 뒤에서 무언가 '털썩'하는 소리가 들렸다. 여경이었다. 여경은 큰 눈을 하고 나를 가만히 쳐다봤다. 그녀는 아무 말도 못 하고 커진 동공으로 비명을 질렀다. 방바닥에는 빈 식혜병이 홀로 나뒹굴고 있었고, 그 옆에는 할머니가 지금과 비슷하게 웃으며 여경과 닮은 아이와 찍은 사진이 있었다.

"미래 언니 할머니, 결국 돌아가셨대……."

진희가 콜라 건네며 말했다. 내가 발견했을 때 이미 할머니는 완전히 식은 후였다.

"주무시다가 돌아가셨다고 자꾸 호상이라고 하더라……."

할머니가 죽은 현장에서는 특별한 점이 발견되지 않았다. 결국 주무시다가 돌아가신 것처럼 되어버렸다.

"죽음에 호상이 어딨어. 가족이 슬퍼할 건 조금도 생각 안 하고……. 미래 언니한테는 할머니뿐인데."

마을 사람들은 이번에도 역시 약사 아들이 죽었을 때와 비슷한 태도를 보였다. 일반 사람들처럼 반응하는 것 같다가도 죽음에 큰 동요가 없었다. 특히 몇몇은 더했다. 조금만 조사하면 의도된 살인이라는 것을 금방 알 수 있을 텐데 그러지 않았다. 그들은 아무것도 하지 않았다.

"근데 지, 진희 너 얼굴이!"

진희 얼굴에 또 상처가 나 있었다. 전에 있던 멍 자국이 이제 겨우 가시고 있는데 또 다른 상처가 생겼다. 진희는 뒤늦게 뺨을 감싸며 상처를 가렸다.

"아…… 근데 나 이번엔 가만히 있지 않았다?!"

진희는 씩씩하게 말했다. 하지만 상처도 표정도 전혀 괜찮아 보이지 않았다.

　　　　　　　　　　　　　　　　　　지하실의 새

"근데 약국 아줌마 아들도 죽고, 미래 언니 할머니 돌아가시고 꼭 보육원 문 닫았을 때 같네."

"보, 보육원이 문 닫았을 때?"

사람이 죽은 것과 보육원이 문은 닫은 건 장르가 너무 다르지 않은가. 어떻게 비교 대상이 될 수 있는지 궁금했다.

"응, 보육원 아이들이 다 입양되고 퇴소했을 때 약간……"

진희는 조금 주저했다. 잠시 말을 고르는 것 같았다.

"이게 맞는 표현인지 모르겠지만, 마을 사람들이 좀 후련해하는 거 같았어. 뭐랄까 '차라리 잘 되었다!' 하는 느낌? 하긴 보육원 아이들이 각자 갈 곳이 생긴 건 좋을 일이니까."

그래도 이해할 수 없었다. 게다가 보육원 아이들이 '모두' 퇴소할 수 있었다는 것도 이해하기 어려웠다. 입양은 그리 쉬운 게 아니다. 내 경우가 굉장히 예외적이었을 뿐.

"근데……"

진희가 또 뜸을 들였다.

"이건 진짜 진짜 비밀인데…… 입양 간 얘들이 입양이 된 게 아니라는 얘기도 있어. 우리 오빠도."

진희 목소리가 점점 가라앉았다.

"이제 와서 생각해 보면 바보 같은 짓 했구나 싶어. 내가 오기를 부리는 바람에 엄마까지 돌아가시고……."

"그, 그게 무슨 말이야?"

"오빠를 만나겠다고 엄마 몰래 보육원을 찾아간 적 있었어. 그런데 오빠가 이미 입양되고 없다는 거야. 아무리 사정을 해도 어디로 갔는지 알려주지도 않고."

보육원의 태도가 조금 어색하기는 했지만, 크게 트집 잡을 것도 없었다. 진희는 말을 이어갔다.

"그렇게 쫓겨나듯 보육원에서 나왔는데, 우연히 보육원 담벼락에서 흥신소 스티커를 발견했거든."

"흐, 흥신소?"

"응, 그 있잖아. '사람을 찾아드립니다.' 같은 거."

문득 보육원에 갔다가 담장의 지저분한 흔적들이 생각났다.

"그런데……."

진희는 목소리가 조금 떨렸다. 시선을 바닥으로 떨구고 웅얼거리듯 말했다.

"찾은 건 오빠 유품뿐이었어. 사고였다는데 시신조차 없어서 그 충격에 엄마까지……."

진희는 눈물을 삼키느라 말을 더 잇지 못했다.

"호, 혹시 흥신소 사람? 만난 적 있어?"

"응? 아니, 그냥 전화로만 주고받았어. 보통 그렇게 하는 거 같더라고. 나도 만나는 건 좀 꺼려지기도 했고. 왜?"

"아, 그냥 궁금해서. 어, 어떤 사람이 그런 일을 하는지."

단순 궁금증이긴 했으나, 진심으로 궁금했다. '보고 싶은 사람을 찾는 사람'이 보고 싶었다.

"그러다가 이 마을에 와서 이상한 소문을 들었어."

진희는 누가 들을까 싶어 주변을 살폈다. 그리고 가까이 다가와 속삭였다.

"보육원 아이가 호수에서 죽은 채로 발견됐다는 거야."

"뭐……?!"

"심지어 오래전에 입양 갔던 아이라는데, 입양 갈 때 입었던 옷을 그대로 입고 있었는데."

"누, 누가 그래?!"

쉬쉬하는 분위기인 마을에서 그런 얘기를 쉽게 해줬을 리 없었다. 진희는 다시 제자리로 돌아가 앉으며 말했다. 진희는 심각한 표정을 풀지 못했다.

"미래 언니네 할머니가. 마을 사람들에게 나도 외지인이라 그다지 살갑지 않았거든. 그런데 할머니는 안 그러셨어."

할머니 얘기가 나오자 진희의 목소리가 조금 떨렸다.

"그런데 치매가 좀 있으셔서 다 믿기는 어렵고."

"하, 할머니가 치매가 있으셔?"

"응, 그래서 미래 언니도 서울에 있는 경찰청에 근무하다가 할머니 증세가 심해지면서 내려왔다고 했어. 아, 그럼 이제 언니는 다시 돌아가려나?"

'호수의 시체'라고 하니 꿈 하나가 생각이 났다.

"그 주, 죽었다는 아이는 며, 몇 살이었어? 생김새는?"

"응? 그건 나도 잘 몰라. 나도 자세하게 들은 건 아니라서. 아무튼, 그래서 갈대숲 근처에 가지 말라고 하는 건가 봐. 정확히는 호수를 얘기하는 거 같아. 죽은 아이가 거기서 발견됐으니까. 뭐, 그 괴담은 그 전부터 있긴 했지만."

[손바닥이 없는 수중시체]가 비슷했다. 그 꿈의 장소도 호수였고, 시체는 아이였다.

넘겨받은 아이는 반 토막만 한 남자아이였다. 맡겨진 아이가 아니라 주운 아이라 그런지 제가 처한 상황을 몰라 어지간히 장알거렸었다. 그게 미친 듯이 사랑스러웠다. 그래서 예약 시기보다 이틀 더 당겨서 작업하기로 했다. 아이는 조심히 다뤄야 했다. 겁을 먹으면 신경과 근육이 경직되어 질이 떨어졌다. 어떻게 신사답게 보내줄 수 있을지 고민됐다. 마침 눈앞에 아들이랑 놀던 구름사다리가 보였다. 좋은 생각이 났다. 웃음이 멈추지 않았다.

구름사다리가 낡아서 칠은 다시 했다. 아이에게는 마지막 놀이가 될 테니 이 정도는 정성도 아니다. 칠을 하면서 여러 가지 더 덧발랐다. 그리고 아이를 불렀다. 아이는 신이나 시키지도 않았는데 구름사다리에 올라탔다. 악력이 약해서 혹시라도 꿀을 발라 놓은 곳까지 가지 못할까 봐 걱정이 되었는데, 제법 힘이 좋았다. 꿀을 발라 놓은 곳을 가리키며, 아이에게 게임을 제안했다.

"자, 여기서 10초 이상 버티면, 선물 줄게."

"정말요?!!"

아이는 덜떨어진 원숭이처럼 신나서 봉을 잡고는 대롱대롱 매달려 있었다. 나는 10초를 세었다. 아이도 10초를 세었다. 이쯤이면 됐다.

"어?! 손이!! 손이 안 떨어져요!"

"열하나."

그리고 아이의 뒤로 가서 목을 그었다. 한 번에. 열하나는 매달리는 게 아니라 죽는 순서였다. 아이는 봉에 매달린 채로 축 늘어졌다. 너무 만족스러웠다. 매달아 놓으니 작업이 더 수월했다.

.

.

.

새가 낮게 날았다. 비가 올 것 같았다. 얼마 지나지 않아 호수로 나갔더니, 역시 비가 오고 있었다. 호숫물이 불어나 아래에 가라앉았던 쓰레기들이 떠오르기 시작했다. 아이의 시체도 떠올랐다. 새로운 작업 방식을 찾은 것에 흥분해 장기마다 구멍을 낸다는 걸 깜박했다. 장기가 부패하면서 공처럼 부풀어 올랐다. 건져 올릴까 잠시 고민했지만 내버려 두기로 했다. 어차피 아무도 못 찾을 테니까.

살인자의 새로운 도살 방법에 얼른 글로 옮겨 적었었다. 그날도 역시 살인자의 얼굴은 보지 못 했지만, 아이의 얼굴은 정확히 봤다. 축축하게 식어버린 아이 얼굴을 잊으려고 미친 듯이 적었다. 그렇게 다 토해내고 잊으려 했다. 사실 이렇게 한다고 해서 완전히 잊지는 못했다. 그래도 손을 멈출 수 없었다. 그때쯤엔 꿈을 기록하는 것이 이제 치료가 아닌 습관이 되어 버렸다.

진희와 급하게 헤어졌다. 최변 전화를 계속 받지를 못했다. 사실 일부러 받지 않았다. 그 훨씬 전에 박 형사와 통화했기 때문이다.

"아직도 최강운 변호사랑 일해? 엉덩이가 무거운 작가라 인내심도 질긴건가."

"다, 당신이 무슨 상관이죠?"

"강운이랑 나는 같은 입장이니까. 그러니까 어서 놔 줘. 갠 나랑 이걸 해결해야 한다고."

"그, 그게 무슨…… 두 분이 같다뇨?"

"아, 몰랐나? 하긴 알았다면 의뢰를 했을 리 없지."

그때 진희가 자리로 돌아와 급히 전화를 끊어버렸다. 결국 박 형사의 그 뒷말을 듣지 못했다.

편의점에서 조금 멀어졌을 즈음 다시 박 형사에게 전화를 걸려고 핸드폰을 꺼내 들었다. 그런데 누군가 내 뒤를 쫓아오는 것이 느껴졌다. 해도 지지도 않은 시간, 이 대범한 사람은 또 누구일까?

지하실의 새

조금씩 걷는 속도를 높였다. 하지만 뛰듯 걷는 내 발걸음에 맞춰 뒤따라오는 발소리도 같이 빨라졌다. 나를 좇아오는 게 분명해졌다. 눈앞에 숙소가 보였다. 서둘러 현관 손잡이에 손을 뻗었다. 그때 내 뒤에서 손 하나가 옆구리를 찌르듯 들어왔다. 그리고 나보다 먼저 현관 손잡이를 잡았다.

온몸이 굳어버려 뒤를 돌아볼 수 없었다. 만약 내 뒤에 서 있는 것이 살인자라면, 그의 눈을 보고 죽는 게 더 고통스러울 거 같았다. 그 공포가 무엇인지 너무 잘 알고 있다. 거친 숨소리가 귓가에 들렸다. 서로 숨을 고르느라 움직이지 못하고 있는데, 문손잡이를 잡은 손이 눈에 들어왔다. 여자 손이었다. 혹시나 하는 마음에 아주 천천히 몸을 돌렸다. 죽은 할머니의 손녀, 그 여경이었다. 여경은 거친 숨을 크게 한번 내쉬고는 자세를 고쳐 섰다.

"김하진 작가님, 맞으시죠?"

이 마을에서 그 누구에게도 나를 '작가'라고 소개한 적이 없었다. 심지어 진희에게도. 그런데 이 사람은 내 정체를 어떻게 알고 있는 것일까.

"어, 어떻게……."

"지금 엄청 핫하시던데요?"

여경은 주머니에서 핸드폰을 꺼내어 내 얼굴에 들이밀었다.

[베스트셀러 작가 김하진의 살인 일기 수십 권을 측근 변호사가 법원에 제출]

여경의 핸드폰을 뺏어 들었다. 스크롤을 내리며 기사를 읽는데,

'측근 변호사'라는 단어만 유난히 진하게 보였다.

> 변호사가 제출한 작가의 일기에는 상세한 살인 내용이 상세하게 기록되어 있습니다. 내용에는 직접 살인뿐만 아니라 음독 살인이나 미필적 고의를 이용한 살인도 자세하게 포함되어 있었습니다. 측근 변호사는 출판사를 통해 김하진 작가의 변호를 맡게 된 경위에 대해 설명했습니다. 그는 김하진 작가의 책이 지나치게 사실적이어서 논란이 되었던 사건들과 유사성을 발견하고 조사를 진행하였다고 설명을 덧붙였습니다.

"이거, 당신 맞지?"

다 읽지 못했는데, 여경이 질문을 했다. 대답할 수 없는 질문이었다.

"당신, 이 마을에 왜 왔어?!"

여경은 계속 대답할 수 없는 질문만 해댔다. 아니, 대답이 불가능했다. 여경의 목소리도 점점 줄어들더니 점차 들리지 않았으니까. 몸이 나무토막이 된 것처럼 딱딱하게 굳어갔다. 장작이 된 것처럼 화르르 불타는 것 같았다.

"내 말 듣고 있어요?!!"

귀가 먹먹해졌다. 그러더니 곧 고막이 찢어지는 것 같은 소리가 들렸다. 급하게 귀를 막았다. 내 앞에 여경도 덩달아 당황해 어찌할 줄 몰라 했다. 눈앞이 점점 흐려지더니, 완전히 까맣게 변해버렸다.

이제 기존 규칙도 무시하고 이 지긋지긋한 꿈에 들어왔다. 고개를 돌리니 아직 해가 구름 사이에 머물고 있었다. 멀리서 조금 익숙한 목소리가 들려왔다.

"죽였다면서! 어째서 살아 있는 거야!"

앙칼진 목소리로 따지는 저 말투, 진희 이모였다. 살벌한 말을 저렇게 크게 내지르다니. 멍청해서 겁을 상실했거나, 대화 상대와 이런 얘기를 익숙하게 주고받은 것 같았다.

"입구녕이 뚫려있으면 무슨 말이라도 해보라고! 왜 멀쩡히 살아 돌아왔냐고!"

'돌아왔다.'라는 단어가 귀에 꽂혔다. 사시나무처럼 몸이 떨리기 시작했다. 설마 나를 말하는 것일까? 어쩌면 나도 지금까지 봐왔던 수많은 시체 중의 하나가 될 수 있을 것 같았다. 아니, 사실 가장 우선의 처리 대상일 거다. 안일했다. 왜 내가 안전할 거라 생각했을까?

"오랜만에 누굴 좀 찾아 달라는 부탁을 받았는데 말이야. 누군지 궁금하지 않아?"

"말 돌리지 말……!"

진희 이모 말에 마침표가 닿기도 전에 칼이 살을 뚫는 소리가 들렸다. 진희 이모는 도마 위에 횟감처럼 목에 칼이 꽂혀 벽에 고정되었다. 그리고 생선처럼 파닥거렸다.

"바로 너야."

진희 이모의 목을 깊게 관통한 칼은 그녀를 죽이지 않았다. 나는 창문에 걸터앉아 그 장면을 지켜보다가 진희 이모와 눈이 마주쳤다. 의문의 사람은 진희 이모에게 다시 다가갔다. 그리고 그녀의 화려한 목걸이를 세게 당기며 말했다.

"이제야 조용하군. 언젠가 그 시끄러운 아가리를 얇게 회 치고 싶었는데 말이야."

진희 이모는 그 와중에도 말을 하려 했다. 하지만 피만 토할 뿐 아무 말도 하지 못했다.

"죽을 거 같아? 죽을 만큼 아프겠지? 근데 사람 그렇게 쉽게 안 죽어."

그는 목걸이 펜던트로 경동맥을 깊이 눌렀다. 진희 이모는 피를 뒤집어쓴 것처럼 얼굴이 빨개졌다. 눈이 뒤집히고 숨이 넘어갈 때쯤 돼서야 펜던트에서 손을 떼었다. 진희 이모가 급하게 숨을 들이마시자 칼이 관통한 구멍에서 피가 칼날을 타고 흘렀다.

"근데 사는 것도 쉽지 않은데 길게 고통스러울 바에야 짧게 아픈 게 낫지 않겠어? 죽어서 말야."

진희 이모가 다음 숨을 쉬려고 하자 그는 그전에 다른 칼로 펜던트로 눌렀던 부분은 정확하게 찔렀다. 순식간이었다. 진희 이모는 벽에 꽂힌 채 비명 대신 뜨거운 피를 토해냈다. 그는 목에 꽂힌 칼

손잡이를 다시 잡아 뽑았다. 피가 분수처럼 뿜어져 나왔다. 갑자기 눈앞이 캄캄해지면서 심한 통증이 몰려왔다.

눈을 뜨니 여경이 보였다. 누군가와 통화를 하고 있었다.

"네, 선배. 만났는데⋯⋯."

칼에 찔린 건 다른 사람인데, 마치 내가 찔린 것처럼 목이 심하게 아팠다. 목소리가 잘 나오지 않았다. 꿈속 내용이 머릿속을 훑고 지나갔다. 진희 이모가 말한 '돌아온 사람'이 진희라면, 진희가 위험하다. 누워 있던 소파에서 급하게 일어났다. 하지만 바로 주저앉았다. 머리에 큰 바늘이 관자놀이를 관통한 것처럼 심하게 아팠다. 지체할 시간이 없었다. 조각난 머리를 부여잡고 밖으로 뛰쳐나갔다.

"어? 잠깐만! 선배 나중에 다시 걸게요. 김하진 씨!"

여경은 한발 늦게 내 뒤통수에 대고 소리를 질렀다. 금방 따라잡히겠지만, 멈출 생각은 없었다. 모든 상황은 갑자기 급류를 탄 것 같았다. 속도가 붙은 상황들을 내 달리기로는 따라잡기 어려웠다. 그래서 멈추지 않고 달려야만 했다.

꿈속의 그곳이 어딘지 알고 있었다. 한 번도 가본 적 없지만, 벌써 두 번째 보는 거라 알 수 있었다.

진희 집에 도착하니 문이 조금 열려 있었다. 차마 발을 들이지 못하고 문을 슬쩍 밀었다. 현관문이 열리자마자 진한 피 냄새가 났다. 문틈 사이로 바닥에 피가 흥건하게 흘러 있는 것이 보였다. 조금 대담하게 고개를 들이밀고 안을 살폈지만, 시신이 보이지 않았다. 두리번거리다가 꿈속에서 앉아 있었던 창가에 자연스럽게 시선이 갔다. 그때 그 아래로 빨간 덩어리가 언뜻 보였다. 몸은 이미 예측이라도 한 듯 속이 울렁거렸다.

빨간 덩어리를 쫓아 화단으로 꾸며 놓은 뒷마당으로 갔다. 집 안에서보다 더 진한 피 냄새가 났다. 신선한 살덩이 냄새, 정육점 근처만 가도 흔하게 맡을 수 있는 그런 냄새였다. 그 정육점처럼 살덩이도 몇 개만 놓여 있는데, 화려한 액세서리를 한 손만 있고, 목과 몸은 없었다. 뒤에 인기척이 느껴졌다. 하지만 이 괴기스러운 장면에서 눈을 뗄 수 없었다.

"작가님……."

익숙한 목소리에 결국 고개를 돌렸다. 최변이었다. 살인자를 본 것보다 최변이 여기에 있다는 것이 더 충격적이었다. 최변은 내 뒤에 있는 시체 토막을 슬쩍 봤다. 냄새만으로도 인상을 찌푸릴법한데 그의 표정은 조금도 바뀌지 않았다. 멀리서 쫓아온 여경이 최변을 보고 멈칫했다.

"강운 선배?"

여경은 최변을 보고 한번 그리고 뒤에 펼쳐진 현장을 보고 또 한번 놀랐다. 이게 정상적인 반응 아닌가? 상반되는 둘의 반응을 살피는데, 최변이 급히 소매를 접어 올리는 게 보였다.

두 사람은 아는 사이 같았다. 하지만 반가운 느낌은 아니었다.

여경은 나를 밀치고 다시 현장을 살폈다. 그리고 어디론가 전화를 걸었다.

"소장님, 저 박미래입니다. 좀 와보셔야 할 거 같아요. 여기 사건이 발생했습니다. 아니, 사고 아니고 사건이라고요! 살인 사건!"

여경은 잔뜩 짜증이 나서는 소리를 지르고 전화를 끊었다. 그리고 우리 둘에게 단단히 경고하고 집안으로 뛰어들어 갔다.

"여기서 한 발자국도 움직이지 마세요. 진희야! 권진희!"

창가 아래에 무언가 보였다. 목이 꺾여 차갑게 식은 참새였다.

정신을 차리고 보니 파출소였다. 그 후로 넋이 나가서 어떻게 여기까지 왔는지 기억도 나지 않았다. 연행되어 온 것 같지는 않은데, 나를 보는 소장의 시선이 곱지 않았다. 하지만 나는 내 옆에 서있는 최변이 더 신경 쓰였다. 나 역시 그를 곱지 않은 시선으로 쳐다봤다.

"저놈이 현장에 있었다고?"

"제가 변호사입니다. 저랑 얘기하시죠."

최변은 내 앞을 가로막으며 말했다. 그가 아직 내 변호사인가? 나를 밀고한 그가? 울컥 화가 올라왔지만, 저 아둔한 소장을 직접 상대하고 싶진 않아 가만히 있었다. 지금 나에겐 침묵 말고는 다른 선택지가 없었다.

"그 사이에 변호사까지 데려왔어?! 이건 뭐 더 이야기할 게 없구만! 미래 씨! 당장 긴급 체포해서 저, 저 뭐야. 읍내 서로 넘겨!"

소장의 무식한 말에 여경이 창피해 고개를 숙였다.

"긴급 체포라…… 촌구석 파출소라 기본적인 절차를 모르시겠군요."

최변은 점잖은 말투로 소장을 비꼬았다. 여경은 그의 그런 모습이 익숙해 보였다. 그 옆에서 소장은 빨간 토마토처럼 붉으락푸르락해지자 여경이 상황을 정리했다.

"소장님, 일단 현장 조사 지원 요청부터 하시죠. 그리고 김하진 씨, 목격자 진술 부탁드립니다. 그건 괜찮죠? ……변호사님."

여경이 최변을 부를 때 약간의 공백이 있었다. 그녀의 표정은 복잡미묘했다. 여경과 최변 그리고 나 사이에 어색한 기류가 흘렀다.

몇 시간이 지나서야 지원 인력이 도착했다. '지원'이라고 하기 무색하게 그들도 또 다른 지원을 요청해야 하는 처지였다.

"일단 시신은 수습했어요. 수사는 다시 지원요청 하시고요. 현장 보존하고, 마을 입구는 저희가 폐쇄 조치하겠습니다."

"지금 이 마을 안에 살인자가 있는데, 마을을 폐쇄하겠다고요?"

여경이 기겁을 했다.

"그럼 어떡합니까? 지금 방법이 없는걸. 이게 최선이란 거 아시잖아요."

"아니……!"

여경도 뾰족한 대안을 얘기할 수 없었는지 입을 다물었다.

"그리고 만조리는 외부인 출입이 잦은 곳도 아닌데 수사망도 뻔하지 않겠어요?"

　　　　　　　　　　　　　　　　지하실의 새

수사관의 말에 모두의 시선이 자연스럽게 우리 둘에게 향했다. 나는 당황했고, 최변은 아무 반응도 하지 않았다. 소장이 목소리를 높였다.

"여, 이 사람이네! 당신들 얼마 전에 우리 마을에 왔잖아?!"

지원을 나온 수사관이 나에게로 시선을 돌렸다. 그리고 더 유심히 보는데, 여경이 입을 뗐다.

"이분은 사건 직전까지 저랑 같이 있었어요."

조금 탐탁지 않은 말투였다.

"그게 무슨 말이야?!"

"저희 할머니 돌아가신 날……"

여경은 잠시 뜸을 들였다.

"저희 할머니 발견하고 신고해 주셨거든요. 그래서 감사 인사하러 찾아갔어요. 사건이 일어날 무렵 저랑 같이 있었고요."

'감사'라는 단어를 말하는데 아주 잠깐 이를 꽉 깨물었다. 하지만 이번 사건만큼은 그녀도 나를 의심할 여지가 없었다.

"아무튼, 알겠습니다. 그럼 두 분은 남아서 협조 부탁드립니다."

수사관은 자신의 업무를 마무리하고 먼저 돌아갔다. 그사이 소장은 사라지고 없었다. 언제 나갔는지도 보지 못했다. 파출소에는 최변과 나 그리고 여경만 남았다. 여경은 자리로 돌아가 앉았다. 그리고 익숙하게 타이핑하며 나에게 질문했다. 기본적인 인적 사항으로 시작해 그 시간 언제 어디에 있었는지로 넘어갔다.

"사건이 벌어진 시간에 어디에 계셨죠?"

"수, 숙소에서 쓰러져서…… 경찰관님과 있었습니다."

여경은 내 대답 속도보다 더 빠르게 타이핑을 했다.

"언제 이 마을에 오셨나요?"

"잠깐, 목격자 진술이라면서요? 지금 질문은 상관없는 거 같은데요."

최변이 막아서고, 여경은 그런 최변을 무시하고 나만을 빤히 쳐다봤다.

"오, 오 일 정도 됐어요."

굳이 말을 못 할 이유도 없었다. 또 최변에 대한 반감에 마음속에서 청개구리가 날뛰고 있었다. 하지만 나만 그런 것 같지 않다. 여경이 갑자기 질문 대상을 바꿨다.

"변호사님은 언제 이 마을에 오셨죠?"

최변에게 물었다. 여경은 질문을 던져 놓고 묵묵히 모니터만 바라봤다. 이 정도 되니 둘 사이가 궁금하지 않을 수 없었다. 최변은 묵비권을 행사했다. 하지만 여경은 그의 대답을 딱히 기다리지 않았다.

"삼 일 전이죠."

여경은 자문자답하듯 말하고 타이핑했다. 그러자 최변은 벌떡 일어나 여경을 노려봤고 그녀는 눈 하나 깜빡하지 않았다. 하지만 그 사이에서 가장 당황한 건 나였다.

"사, 삼 일 전이요?"

"순찰하다가 우연히 봤어요. 선배를."

"무, 무슨 말이에요? 저, 저한테 돌아오라고 했던 그때잖아요!"

나름 몰아붙이듯 물었지만, 효과는 전혀 없었다. 두 사람에게 나는 안중에도 없었고 둘만의 대화를 이어 나갔다.

"찾는 게 여기 있어서 왔을 뿐이야."

"선배 설마 아직도?!"

두 사람의 대화를 들으면 들을수록 의문만 늘어났다. 하지만 두 사람 대화에 내가 비집고 들어갈 틈은 보이지 않았다.

"그, 그만⋯⋯!"

나도 모르게 냅다 소리를 질러버렸다. 두 사람은 대화를 멈추고 나를 쳐다봤다. 하지만 어렵게 멈춰놓고 아무 말도 하지 못 했다. 잠깐의 공백은 인내심 없이 두 사람 전화가 동시에 울렸다. 최변은 자리를 피해 밖으로 나갔고, 여경은 최변을 주시하면서 전화를 받았다.

"네, 오현 파출소입니다. 네. 네. 네. ⋯⋯네?!"

여경은 로봇같이 대답했다. 그러다가 마지막엔 목소리가 높이 올라가더니 당혹스러운 표정을 지었다. 갑자기 비가 쏟아지기 시작했다.

농땡이 치러 사라진 줄 알았던 소장이 누군가를 연행해서 데리고 왔다. 진희였다.

"하, 하진아⋯⋯."

진희는 나를 보고는 반가워하다가 곧바로 사색이 되어 고개를 숙였다. 진희 손에는 수갑이 채워져 있었고, 얌전히 포개진 작은 손에는 피가 말라붙어 있었다.

"뭐, 뭐예요? 갑자기 왜 진희가……."

나는 다그치듯 물었다.

"소장님이 근처에서 발견했는데, 저 모습이었다고……."

여경 역시 믿을 수 없다는 표정이었다.

"난 아녜요! 정말 아녜요. 그냥 눈을 뜨니까……."

진희는 혼란스러워했다. 처음엔 경고 수준이었는데, 이번엔 달랐다. 왜 범인이 이렇게까지 하는 걸까? 벌벌 떨고 있는 진희를 보고만 있을 수밖에 없는 나 자신이 무력하게 느껴졌다. 늘 무력했지만, 더한 무력감이었다.

"지원 올 때까지 잘 감시해."

소장은 여경에게 진희를 밀어 넣고 또다시 휙! 나가버렸다. 소장의 거친 행동에 진희는 소리 없이 눈물을 뚝뚝 떨궜다.

"언니, 이모가 죽었다는 게 무슨 말이에요. 저 아무것도 몰라요. 정말…… 눈을 뜨니까 그냥……."

"진희야, 걱정 마. 수사하면 다 밝혀질 거야."

여경이 진희를 다독였다.

"정말 그럴까?"

뒤에서 전화를 끝낸 최변이 들어오면서 말했다.

"밝혀져? 파고들수록 진흙 속에 더 깊이 빠져들 뿐이야. 그렇게 한번 진흙탕이 되면, 다시 깨끗한 물로 돌아갈 수 없다고. 이제 진흙탕으로 살아야 하는 거야."

최변의 말에 진희는 털썩 주저앉았다.

"선배!! 도대체 왜 이래요?"

"세상이 이렇게나 위선적인데 혼자 정의로워 봤자 병신 취급을 받을 뿐이야. 진흙탕에 있는 걸 잡으려면 나도 진흙탕에 들어가야 하는데, 끝까지 순결하게 버틸 수 있을 거 같아?"

최변의 사무실에서 본 정의의 여신 디케가 생각났다. 그래서 그는 디케를 돌려놓았던 걸까? 하지만 그의 말에 동의한다. 사람들은 보이는 대로 믿는다. 내가 발버둥 칠수록 더 탁해질 뿐이었다. 그래서 최변의 말처럼 내가 진흙탕이 되어 보는 것도 괜찮을 거 같았다.

"제, 제가 했어요."

"이봐요. 김하진 씨!"

대담해진 나를 말린 건 최변이 아니라 여경이었다. 최변은 조용히 나를 힐끗 보기만 했다. 그는 위선인가 정의인가. 나는 찾아야 했다. 늘 소문보다 어려운 게 해명이다. 그래서 역으로 이용해 보기로 했다. 내가 살인자가 되기로 했다.

"제, 제가 죽였어요. 제가 했다고요."

다시 반복해 말하면서 주머니에 보관하고 있었던 약사 아들의 오토바이 열쇠를 꺼내 놓았다.

"자, 봐요. 야, 약사님 아들 오토바이 열쇠예요. 이, 이제 알겠죠?"

이번엔 새가 아니다. 송사리가 되어 진흙탕을 더 진흙탕으로 만들 것이다.

"하진아……."

진희가 놀란 표정으로 나를 바라봤다. 애써 진희의 시선을 외면했다. 그때 문밖에 준이 보였다. 그는 나와 눈을 마주치더니 서둘러 자리를 떴다.

여경은 진희의 손에서 수갑을 풀었다. 그리고 내 손에 옮겨 채우며 나지막하게 속삭였다.

"무슨 생각인지 모르겠지만, 진짜 범인을 잡을 수 있다면."

"……!"

여경은 의미심장한 표정으로 최변 쪽을 쳐다봤다. 최변은 가만히 나를 바라보고 있을 뿐 아무것도 하지 않았다.

7.
올빼미의 낮 활동

진희 이모의 장례가 치러졌다. 시신도 없이. 그 사이 소나기로 시작한 비는 폭우로 바뀌어 도로는 마비가 되었다. 굳이 마을 입구를 통제하지 않아도 마을에 갇혀버렸다. 진희 집에서는 저승길을 안내하는 향이 잔뜩 피어오르는데, 폭우 때문에 길을 잃고 마을 안을 떠돌았다. 길을 잃은 죽은 향은 파출소까지 닿았다.

　"시신을 가져갔으면 뭐라도 하셨어야죠?! 시신 없이 장례를 치르는 유가족은 뭐가 됩니까?"

　여경은 전화기에 대고 소리를 질러댔다.

　"뭐라고요! 저는 뭐 손 놓고 있고 싶어서 이러는 줄 알아요?"

　결국 수화기 너머 상대의 머리를 내려치듯 전화를 끊어버렸다.

　"저, 저기⋯⋯."

　"왜요?!!"

　조금 전 통화로 지펴진 불똥이 나한테 튀었다.

　"지, 직접 수사하시면 안 돼요?"

　약사 아들이 죽었을 때 목격한 그녀의 능숙함이 진짜라면 충분히 가능할 것 같았다.

"하! 소설 같은 소리."

하지만 여경의 생각은 달랐다. 하필 내뱉은 말이 나에게는 정확히 비꼬는 말이었다. 그 기분이 얼굴에 드러났는지 여경은 한숨을 크게 내쉬고 다시 말했다.

"하…… 수사라는 게 당신 소설처럼 종잇장 넘기듯 할 수 있는 게 아니예요. 특히 이런 깡촌에서는요."

"왜, 왜죠?"

여경은 문밖으로 멀리 보이는 산을 보면서 말했다.

"저 산에 시체가 몇 구 있을 거 같아요?"

"네?!"

살벌한 말에 목소리가 갈라졌다.

"인적 드물지 주변엔 산 아니면 바다. 시체를 유기하기에 최적이죠. 발견되는 것도 어려운 일이지만, 발견해도 수사 환경이 열악하니 제대로 수사를 기대하기도 어려워요. 또 꺼리기도 하고요."

"꺼, 꺼려요?"

"사람 몇 안 되는 마을에서 친구, 가족처럼 가까이 지내던 사람들을 의심하기 시작해 봐요."

여경은 조용히 곁눈질로 나를 한번 쳐다봤다.

"정말 도살장 되는 거지. 누가 먼저 죽이고, 죽을지 공포에 떨면서. 게다가 이번 약사님 아들 사건처럼 유가족이 수사 자체를 거부하면……."

"거, 거부했다고요? 아, 아들이 죽었는데?"

"네. 시신 머리도 없고 살인인 게 분명한데, 모두 입을 다물고 있어요. 파출소 소장의 조카이자 마을 이장이 죽었는데 말이죠. 소장도 뭘 해볼 생각이 전혀 없고요."

약사의 죽은 아들이 이장인 줄은 몰랐다. 마을에 영향력 있는 사람이 죽었는데, 어째서 사람들은 슬픈 기색 하나 없을까? 아니, 그래서 더 슬퍼하지 않았던 것일까? 혼란스러웠다. 여경이 내가 넘긴 오토바이 키를 만지작거리며 말했다.

"저는 둘 중 하나라고 생각해요. 피해자에게 숨겨야 하는 게 있거나, 살인범을 숨겨줘야 하거나."

"누, 누가요?"

여경이 내 쪽으로 몸을 틀었다.

"당신이 얘기해 봐요. 자백한 범인이니. 누가, 무엇을 숨기려는 걸까요? 그리고 왜 그런 거예요? 본인이 범인도 아니면서."

"제, 제가 범인이 아니라는 건 어떻게 아시죠?"

"기억 안 나요?"

여경은 어이없다는 표정으로 나를 쳐다봤다.

"그날 편의점에서 셋이 술을 진탕 마시고 있는 걸 발견한 게 나예요. 사실 둘이었지. 진희랑 김하진 씨는 만취 상태였고, 준만 멀쩡했으니까. 그날 준이랑 입씨름하느라 진짜!"

"네? 어, 어떤……."

"당신은 준이, 내가 진희를 데려가겠다고 했더니 준이 진희를 데려다주겠다고 고집부려서는."

여경은 그 상황을 다시 떠올리며, 고개를 절레절레 흔들었다.

"아무리 둘이 친하다지만, 시커먼 놈한테 진희를 맡길 순 없잖아요."

"그, 그래서요? 그리고요?"

"하진 씨가 알아서 택시를 불러서 바로 상황 종료됐죠. 진희는 제가 데려갔고."

취한 와중에 용케 제 몸을 챙겼나 보다.

"영길 아저씨가 하진 씨를 부축해서 데려갔어요. 그렇게 술에 취한 사람이 그 멀리까지 가서 사람을 죽인다는 건 거의 불가능할 거고요."

역시 여경은 이런 촌구석 파출소에 어울리는 사람이 아니었다. 그녀의 사연도 궁금했지만, 최변…… 그와의 사이가 더 궁금했다.

"그래서 내 질문에는 대답 안 했잖아요. 이렇게 범인을 자처한 이유가 뭐예요?"

"제, 제가 빠진 이 진흙탕이, 함정이 뭔지 알고 싶어서요."

"함정이요?"

"오, 오토바이 키, 저도 모르는 사이에 제 주머니에 있었어요."

여경이 자리에서 벌떡 일어났다. 그녀의 움직임에 덩달아 놀랐지만, 말을 계속 이어갔다.

"오토바이 키를 가, 가질 수 있는 사람은 두 명뿐이지 않겠어요? 오토바이 주인이거나, 그 주인을 죽인…… 범인."

시간이 멈추기라도 한 것처럼 조용했다. 비 때문에 무거워진 공기가 더 무겁게 가라앉았다. 그 공기를 삼키며 다시 말했다.

"계, 계속 쫓기기만 했어요. 범인은 제가 누구인지 어디 있는지 알지만, 정작 전…… 아는 게 아무것도 없어요. 지, 지금껏 다 보고 있다고 생각했는데……."

돌아보면 많은 걸 알고 있다고, 다 보고 있다고 자만했던 거 같다. 정작 나 자신에 대해선 아무것도 모르면서.

"잠깐, 주머니에 넣었다면! 삼 일 전, 사건이 벌어졌을 무렵이겠네요?"

여경이 무언가 말하려 하는데, 그 절묘한 타이밍에 여경의 전화가 울렸다.

"네, 선배. 잠시만요."

여경은 내 눈치를 살피더니 밖으로 나가버렸다. 그녀에게 물어보고 싶은 게 많았다. 하지만 그 기회가 쉽게 주어지지 않았다. 여경은 돌아오자 마자 급하게 우비를 챙겨 입었다.

"지금 비 때문에 마을에 문제가 생겼나 봐요. 일단 여기 계세요."

"자, 잠깐!!"

여경은 나가다가 말고 다시 내 쪽을 돌아봤다. 하지만 내가 불러서는 아니었다.

"혹시 강운 선배를 다시 만나면……."

그녀는 무언가 주저했다.

"기껏 선임한 변호사에 대해 이렇게 얘기하는 게 황당한 거 아는데요. 최강운 변호사 다 믿지는 마요. 어쩌면 지금 당신이 가장 조심해야 할 사람은 그 사람일지도 모르니까."

여경은 말끝을 흐렸다. 불과 일주일 전에 박 형사도 같은 말을 했다.

"어, 어떤…… 형사도 같은 말한 적 있어요!"

"박지한 형사, 맞죠?"

"어, 어떻게……!"

"하…….."

또 한숨. 그녀는 심각하게 무언가 생각하더니 조심스럽게 입을 열었다.

"혹시 지한 선배 딸이 실종된 거 알고 있어요?"

"네에. 드, 들었어요."

"강운 선배도요."

"네?!"

박 형사가 '같은 사람'이라고 했던 말이 생각났다.

"처음엔 지한 선배 아이가, 몇 년 뒤에 강운 선배 아이에게 사건이 일어났어요. 지한 선배 아이는 실종됐지만, 강운 선배 아이는…… 죽었고요. 그 약사님 아들과 반대로 머리만 돌아왔죠."

입이 다물어지지 않았다. 잔인하다 못해 엽기적인 얘기였다.

"그때 저는 다른 사건으로 정신이 없어서 자세하게는 몰랐는데, 두 사람이 어떤 책을 분석하면서 범인을 찾기 시작했어요. 지금 생각해 보니 당신 책 같네요. 그걸로 여기저기 수사하고 다니다가 정직 먹었죠. 지한 선배는 돌아왔고 강운 선배는 그 길로 나가더니 어느 날 갑자기 변호사가 되어 나타났죠."

퍼즐이 하나씩 맞춰지는 것 같았다. 이제야 그동안의 맥락이, 상황이 이해가 되었다.

"그 후에 무슨 일이 있었는지 모르겠지만, 두 사람은 급격하게 멀어졌어요. 강운 선배는 어느 날부터 용의자들을 변호하고 나서서는……"

여경의 전화는 재촉하듯 다시 울려댔다.

"나머지는 돌아와서 자세히 얘기해 줄게요. 일단 여기 있는 게 당신한테도 더 나을 거예요. 허튼짓 말고 여기 꼼짝 말고 있어요."

여경은 한숨을 크게 한번 내쉬고 그대로 나가버렸다. 그녀의 말 때문일까. 매섭게 쏟아지는 빗속으로 사라지는 그녀보다 되려 내가 더 위태롭게 느껴졌다.

소리가 들렸다. 밖에선 비가 원통함을 호소하듯 시끄럽게 바닥을 내리치고 있는데, 파출소 안은 고요했다.

"사락"

적막을 찢고 종잇장 넘어가는 소리가 들렸다. 책을 다룰 때 가장 주의하는 것 중 하나가 소리였다. 별거 아닌 종이도 꽤 날카로운 칼이 될 수 있었다. 그래서 종종 그 소리에도 악몽에 빠져들곤 했다. 주변을 두리번거렸다. 작게 열린 창문 틈 사이로 바람이 들어오고 있었다. 바람은 책상 위에 종이를 멋대로 넘기며 놀고 있었다. 바람의 장난질을 멈추려고 양손이 묶인 채 엉거주춤 근처까지 갔지만, 몸에 점점 힘이 빠졌다. 그리고 뭘 어찌해 볼 틈 없이 자리에서 병든 닭처럼 맥없이 잠에 빠져들었다.

밤의 올빼미가 되는 건 여러모로 득이다. 하지만 밤이 아니면 거의 맹인과 다름없다. 시끄러운 빗소리에 일찍 잠에서 깬 올빼미는 빛보다 소리에 더 의지했다. 빗소리 때문에 그 소리조차 선명하지 않았다. 그래도 남다른 청력 덕분에 멀지 않은 곳에 사람이 있다는 것을 알아차릴 수 있었다.

성인 둘, 둘 다 남성이었다. 두 사람은 처음엔 작게 속닥이더니 점점 언성을 높였다. 나는 너무 가깝지도 멀지도 않은 곳까지 날아갔다. 두 사람은 폐쇄된 호수 입구에서 밀회를 하고 있었다. 분명 금지된 곳이라고 했는데 순 거짓말이었다. 오히려 아지트라도 되는 것처럼 너도 나도 모이고 있었다. 하지만 진짜 금지된 이 호수 너머는 아직 가보지 못했다. 꿈속에서도 가보지 못했다.

"여기가 어디라고 다시 발을 들여?!! 누구 덕에 사지 멀쩡히 땅에 발 딛고 살고 있는 건데! 이 새끼가 은혜도 모르고!"

소장의 목소리였다. 그는 누군가에게 호통치듯 말했다. 마을에 소란이 일어났는데 종일 보이지 않더니 다른 일이 급했던 모양이다.

"덕분에 목숨 부지할 수 있었던 건 맞는데요. 그렇다고 제 목숨에 대한 권리까지 가질 수 있는 건 아니니 착각하지 마세요. 그리고 구해? 방생 아니었나? 죽으라고. 근데 영웅인냥 이러는 거 스스로도 역겹지 않아요?"

소장과 마주하고 있는 사람의 목소리는 처음 듣는 목소리는 아니었다. 말을 유창하게 해서 바로 알아차리지 못했지만, 분명 준이었다. 준은 유창한 한국어 실력으로 소장과 말싸움을 하고 있었다.

"건방진 새끼……!"

"하!"

준은 기가 막힌다는 듯 웃었다.

"그래요, 은혜는 좀 모른다 칩시다. 근데 어쩌나? 은혜는 몰라도 이 마을에서 어떤 일이 일어나고 있는 지는 좀 아는데. 당신 조카 일도."

"뭐?!!"

준은 호수 쪽으로 고개를 돌렸다. 그러자 소장은 준의 멱살을 움켜잡았다. 하지만 훤칠한 준의 멱살을 잡으니 대롱대롱 매달려 우스운 꼴이 되어버렸다. 소장은 주제 파악이 되었는지 잡은 멱살을 놓고 다시 욕을 중얼거렸다.

"뒈지고 싶지 않으면, 그 입 열지 않는 게 좋을 거야. 네 목숨뿐만 아니라 다 송장 되는 거라고 진희도, 너도, 다."

"모두 다 라. 이미 다 죽은 거나 마찬가지 아닌가? 그 다음은 누구에요?"

"뭐?!"

"근데 당신은 뭘 했길래 이렇게 혼자서 생명을 부지할 수 있었던 거야?"

"너!!!"

준은 소장을 계속 자극했다.

"당신도 어설프게 구는 거 그만둬요. 그렇지 않으면 정말로 다……."

준이 잠시 말을 멈췄다. 빗소리가 그 공백을 다시 메웠다.

"죽어."

그때 갑자기 '뻑!'하고 세게 부딪히는 소리가 들렸다. 눈앞이 희미해져 아무것도 보지 못하고 꿈은 끝났다.

모든 게 다 그 한 줄에서 시작되었다.

[네가 누군지 알아.]

나를 알고 있는 익명의 누군가. 하지만 이제 와서 돌아보니 모두 나를 알고 있었다. 박 형사도, 최변도, 진희도 나를 알고 있었다. 정작 나를 모르는 것은 나 자신뿐이었다. 그리고 그들에 대해서도 모르고 있었다. 오로지 나 중심의 궁금증만 파고들었다. 어쩌면 이들 중 내가 가장 이기적인 인간이었을지도 모르겠다.

눈을 뜨니 하찮은 모습으로 바닥에 쓰러져 있었다. 바닥에 냉기를 느낄 겨를 없이 꿈속에서 준의 마지막 한마디가 다시 관자놀이를 관통했다. '죽어.' 나는 묶인 손으로 버둥거리며 핸드폰을 꺼내 곧장 전화를 걸었다. 다급한 내 마음과 다르게 긴 연결음, 초조한 마음에 발끝을 꼼지락거리며 동동거리는 마음을 대신했다.

"여보세요?"

수화기 너머로 기다리던 진희 목소리가 들렸다.

"어, 어디야?"

"하진이니?"

"지, 진희야. 너, 너 지금 어디야……!"

한결같이 병신같은 말투. 누군가를 구해보겠다는 당찬 마음과 다르게 내 모습과 말투는 한심스럽기 그지없었다.

"뭐라고? 미안, 잘 안 들려."

진희 뒤로 빗소리가 시끄럽게 들렸다.

"바, 밖이야?"

"어, 준이 잠깐 온다고 해서. 그런데……."

빗소리가 세게 내리치더니 갑자기 진희 목소리가 끊겨 버렸다.

"여, 여보세요? 지, 진희야!!"

핸드폰을 다시 들여다봤다. 여전히 통화 중인데, 수화기 반대편에선 아무 소리도 들리지 않았다. 팔 안쪽 상처가 눈치없이 간지러웠다. 심한 갈증도 몰려왔다. 마치 처음 술을 마셨던 그날 같았다. 잔뜩 물을 먹은 것처럼 몸이 무겁고 정신이 흐릿했다. 다시 진희에게 전화를 걸었다. 하지만 진희는 전화를 받지 않았다. 답답함과 무능함에 바닥에 머리를 내리찍었다. 머리가 뜨거웠다. 대책 없이 통화 목록만 한참을 들여다봤다. 모르는 번호가 눈에 띄었다. 확실하진 않지만 내가 생각하는 그 번호 같았다. 무작정 전화를 걸었다.

"네~"

처음 이 만조리에 입성할 때 노래를 흥얼거렸던 목소리가 들렸다.

"아, 아저씨. 부, 부탁이 있어요."

"네~ 무슨 일이시죠?"

"진희…… 진희를 좀 찾아 주세요. 빠, 빨리요."

"아~ 진희~ 우리 아가 말이지? 찾기만 하면 되나?"

아저씨는 진희를 '아가'라고 했다. 여유가 넘치다 못해 태평했다. 점점 눈앞이 흐려지더니 마치 잠에 취한 것처럼 맥없이 쓰러졌다.

"네가 그러라고 했다?"

아저씨가 재차 확인하는 목소리가 희미하게 들렸다. 하지만 대답할 힘도 나지 않았다. 앞이 점점 흐려지는데 책상 서랍에 붙어 있는 강렬한 노란색 스티커가 눈에 들어왔다.

[보고 싶은 사람 찾아드립니다.]

촌스러운 노란색, 딱딱한 고딕체 그리고 기시감. 퍼뜩 최변 사무실에 갔다가 봤던 스티커가 생각났다. 같은 것이 분명했다. 큼지막하게 쓰인 번호가 다시 눈에 들어왔다. 어째서인지 낯이 익은 네 글자 '7901'. 입으로 그 네 글자를 여러 번 중얼거렸다. 그리고 방금 통화한 택시 아저씨 번호가 생각났다. '7900' 한 글자 차이지만, 의심하지 않을 수 없이 두 번호는 닮아 있었다. 하지만 무엇을 어찌할 겨를 없이 다시 기절하듯 잠이 들었다.

오늘만 벌써 두 번째 꿈이다. 나는 또 새가 되어있었다. 이 멍청한 새는 매섭게 쏟아지는 빗속에서 출입이 금지된 호수 위를 유영하고 있었다. 어쩌면 출입 금지는 인간 한정이니 새는 괜찮을지도 모르겠다. 한시가 급했다. 하지만 새는 물을 가르는 기분 좋음에 취해 여유를 즐기고 있었다. 빌어먹을 본능, 인간이 얼마나 이성적인 동물인지 새삼 깨달았다. 하지만 나도 금방 동화되어 그 유영을 즐겼다. 갑자기 허기가 몰려왔다, 내가 아닌 새가. 넓은 호수를 헤엄쳐 나가 숨을 멈추고 호수 수면 아래로 머리를 박았다. 물 아래를 빠르게 탐색해 사냥감을 찾았다. 하지만 마땅한 것을 찾지 못해 다시 수면 위로 고개를 들었다. 현실만큼 미진한 실적, 그래서 기필코 사냥에 성공해 보이고 싶었다.

어디선가 강한 비린내가 났다. 단순했던 허기짐은 간절함으로 바뀌어 냄새를 쫓아갔다. 냄새가 가장 심하게 나는 곳에서 멈춰 섰다. 그리고 다시 물 아래로 머리를 박았다. 고개를 이리저리 휘저으며 냄새를 쫓는데, 부리에 무언가 걸렸다. 냉큼 입에 집어넣으려 했지만, 숨이 다 되어 고개를 들었다. 아까 그 묵직한 덩어리가 부리에 딸려 올라오다가 '풍덩'하고 다시 빠져버렸다. 아주 짧은 순간이었지만, 그 덩어리에서 오래된 음식물 쓰레기 냄새가 났다. 역겨운 악취, 하지만 본능은 또 물속에 대가리를 담가 버렸다. 썩은 음식물 쓰레기에 자진해서 고개를 처박았다.

아까 본 그 검은 덩어리가 다시 보였다. 처음에는 어두워서 몰랐는데, 덩어리는 검은 비닐봉지에 쌓여 있었다. 아까 부리에 걸리는 바람에 봉지가 조금 뜯겨 물살에 살랑거리고 있었다. 가까이, 더 가까이 다가갔다. 그리고 이내 어떤 눈과 마주쳤다.

눈이었다. 흰자위와 검은자위가 있는 분명 인간의 눈이었다. 그 굵은 검은자위와 눈이 마주쳤다. 순간 놀라 참았던 숨을 잘못 내쉬었다. 썩은 악취와 맛이 입속으로 밀려 들어왔다. 버둥거리다가 허겁지겁 빗속을 날아올랐다. 매서운 빗속을 날며 물속에서 본 것을 다시 떠올렸다. 오매불망 누군가를 기다리느라 눈을 감지 못하고 죽은 작고 어린 눈을.

얼떨결에 호수 끝 깊은 곳까지 날아와 버렸다. 깊어질수록 녹음이 가득해야 정상인데, 이상하게 악취가 더 심해졌다. 아까 맡았던 음식물 쓰레기 냄새와는 비교할 수 없는 악취였다. 비릿한 피 냄새와 썩은 고기 냄새. 나는 이게 무슨 냄새인지 정확히 알고 있었다.

비를 피해 작은 창문 틈 사이로 들어갔다. 들어가 보니 지하였다. 반지하라고 하는 게 더 정확할 거 같았다. 정직하게 네모진 공간은 비가 와서 더 습하고 쾌쾌한 곰팡이 냄새가 더 강하게 났다. 주변을 다시 둘러보니 들고 나는 구멍이 딱 두 개였다, 문 그리고 창문. 그중 창문이 특이하게 붙어있어 눈을 뗄 수 없었다. 천장 가까이 붙어 있는 창문은 성인 남자 머리 하나 통과하기 힘들 정도로 가로로 길기만 했다. 하지만 지금의 나에겐 예외였다.

창문에 걸터앉으니 밖이 보였다. 비바람에 흔들리는 잡초, 그 위로 떨어지는 이슬이 마냥 깨끗해 보이지 않았다. 아까 꿈속에서 마

지하실의 새

신 썩은 물맛이 입 안에서 다시 났다. 갑자기 바람이 세게 불었다. 그 바람에 선반 위에 있던 빨간 고무 양동이가 엎어졌다. 그리고 그 안에 있는 것이 '후드득'하고 쏟아졌다. 쏟아진 내용물을 보고, 양동이처럼 속에 있는 것을 쏟아낼 뻔했다. 역겹게 또 깨끗하게 다 듬어져 있는 내장들. 그것이 어느 누구의 것인지 생각할 겨를 없이 그 옆에 답이 걸려 있었다. 옷걸이에 얌전히 걸려 있는 화려하고 펑퍼짐한 원피스는 낯이 익었다.

이 위치, 이 시야에서 흘러가는 모든 장면을 보고 나서야 깨달았다. 기억이 나버렸다. 빗물처럼 머릿속에 기억이 스며들어 이곳이 '새장'이라는 것도 생각이 났다. 그래, 이곳을 '새장'이라고 불렀다.

8.
새장

이곳을 '새장'이라고 불렀다. 그렇게 이름을 붙인 건 당연히 내가 아니라 아버지였다. 정확히는 새아버지다. 아버지는 내가 '연습'을 소홀히 하면, 이 새장에 가뒀다. 그리고 겨우 눈만 내놓고 밖을 볼 수 있는 이 창문을 통해서 아버지의 작업을 지켜보게 했다.

　이 망할 새아버지 이전에 어머니 얘기를 먼저 해야겠다. 어머니는 지금의 송양시 다방에서 커피를 파는 '언니'였다. 어머니와 같이 일하는 다른 언니들은 커피 말고 다른 것을 팔기도 했지만, 어머니는 그렇지 않았다. 그런 어머니는 다방 손님들에게 더 말랑해지길 기다리는 '감'과 같았다. 이 감을 잽싸게 따간 게 바로 내 새아버지였다. 새아버지의 무엇이 어머니의 마음을 동하게 했는지 모르겠지만, 어머니는 새아버지에게 순순히 자신의 열매를 내어주었다.

　그렇게 두 사람은 결혼했다. 그것이 좋다 싫다 말하기에는 난 너무 어렸다. 하지만 향긋한 커피 냄새가 익숙한 나는 새아버지의 짐승 비린내가 정말 싫었다. 아버지는 가축을 도축해 고기를 납품하는 사람이었다. 아버지와 살림을 합치면서 아버지의 농장으로 이사를 하게 되었는데, 아버지 농장은 읍내에서도 한참을 들어가야 있는 마을이었다. 그 마을에서도 더 깊은 곳, 큰 호수를 지나야 도착할 수 있는 곳에 있었다. 아버지 농장에서 나는 가축의 악취 때문이었다. 주변에 천혜 자연이 펼쳐져 있어도 쉬지 않고 돌아가는 도축 소리와 피를 완전히 숨기진 못했다.

그렇다, 나는 이곳이 싫었다. 조심스럽게 아버지도 싫어했다. 하지만 어머니는 달랐다. 어머니는 경제적으로 안정감을 얻은 이 비열한 삶을 만족해 했다. 그건 아버지도 마찬가지 였다. 이 결혼을 가장 흡족해 하는 사람은 아버지였다. 예쁘고 젊은 아내를 얻었다는 것 때문에? 아니다. 그건 그에게 간식같은 소소한 행복이었고, 메인 요리는 '탱탱한 어머니의 피부'였다.

아버지는 가끔 곧 자주 어머니 살에 칼을 대었다. 찌르지 않았다. 간지럽히듯 피부 위를 긁어냈다. 어머니의 피부가 너무 탱글탱글한 나머지 꽃봉오리가 터지듯 '톡'하고 피가 몽글몽글 맺혀 버렸다. 아버지는 그것을 사랑스럽게 바라보곤 했다. 그렇게 아버지의 칼질은 점점 본격적여졌다. 처음에는 아주 얕았던 거 같다. 그래서 그의 변태적인 행동에 어머니도 흔쾌히 응해줬다. 하지만 아버지의 집요하고 깊어진 칼자국에 어머니도 견디지 못하고 비명을 지르기 시작했다. 하지만 소용없었다. 이곳은 인적이 드물고 고통이 조용히 묻히는 곳이었으니까.

"이 맛이야."

지하실의 새

미친 감상이었다. 하지만 어머니는 아버지에게 만족감을 주고 있다고 착각하고, 어리석은 효능감을 느꼈다. 하지만 그것도 그리 오래가지 못했다.

어느 날, 어머니에게 피부병이 생겼다. 어머니의 피부 군데 군데 화상을 입은 것처럼 녹아내리기 시작했다. 녹음이 가득한 곳이었지만, 농장의 위생이 최악이었으니 피부병의 원인을 찾을 것도 없었다. 게다가 아버지의 칼질이 있었지 않았는가. 그의 취미 때문에 어머니의 피부가 울퉁불퉁해진 것인데, 자신의 흥을 깨버렸다며 오히려 어머니를 비난했다. 그때부터 아버지는 칼질을 멈추고 손찌검을 하기 시작했다. 어머니 몸에는 칼자국 대신 멍 자국이 대신했다.

어머니는 이곳 작업대에 눕는 가축들보다 더한 몰골이 되어갔다. 나는 어렸지만 그것이 두렵고, 아프고, 슬픈 일이라는 것을 정확하게 이해했다. 그 무렵 아버지의 타깃은 어머니에서 나로 바뀌었다. 하지만 아버지는 나에게 손을 대지 않고 새로운 방식을 취했다. 아버지는 내 손에 면도칼을 쥐여 주었다.

"자, 해봐."

아버지는 마치 처음 걸음마를 떼는 아이나, 자전거를 타기 시작한 아이를 가르치듯 나를 가르쳤다. 직접 살을 긋고 피를 내도록 했다. 못하겠다며 엉엉 울었지만 소용없었다. 그럴수록 아버지는 더 집요하게 굴었다.

"이 새끼, 넌 인간 새끼 되려면 한참 멀었어!!"

그리고 나를 새장에 가뒀다. 정직하게 네모지고 아무것도 없는 반지하. 들어올 수는 있지만, 나갈 수 없는 문과 도망갈 수 없는 창문이 하나뿐인 어두운 공간에 나를 가두었다. 그곳에서 나를 '이새끼' 아니면 '애새끼'라고 부르며 훈육했다. 그때 알아차렸어야 했다, 아버지에게 나는 인간으로서 정의되는 대상이 아니었다는 것을.

새장은 단순히 가두기 위한 공간이 아니었다. 아버지가 나를 '연습'시키기 위한 공간이기도 했다. 새장 높이 붙어 있는 창문은 아버지의 야외 도축장 바닥으로 이어져 있었다. 아버지는 나를 새장에 가두고 창문 앞에 서서 자신의 작업을 지켜보게 했다. 키가 한참 작았던 나는 의자를 딛고 올라서도 까치발을 서야 했다. 그게 아버지가 주는 또 다른 벌이기도 했다. 그렇게 아버지는 자신이 어떻게 살을 가르고 도륙하는지 지켜보게 했다. 그것을 보고 익혀서 언젠가 스스로 살을 가를 수 있도록 칼을 쥐는 방법과 방향도 친절히 알려주었다.

아버지 고기는 읍내에서 유명했다. '신선도' 때문이었다. 처음엔 나또한 평범한 특징이라고 생각했다. 하지만 곧 얼마나 잔인하고 역겨운 호평인지 이해할 수 있게 되었다. 아버지는 고기의 육질을 위해 가축을 죽이지 않았다. 전기로 기절시키거나, 신경만 잘라내어 움직이지 못하게 한 상태로 살을 발라냈다. 그렇게 대부분 가축이 살아 있을 때 도축이 됐다. 작업방식이 이러하니 쏟아지는 피역시 싱싱했고, 아버지는 그것까지도 돈으로 바꾸었다. 아버지는 행복해 보였다. 이미 이해했겠지만, 그것은 돈이 주는 행복은 아니었다. 아버지는 자신이 느끼는 행복을 나에게도 알려주려 했고, 나는 그것이 절대 기껍지 않았다. 그러던 어느 날, 아버지는 새로운 종류의 고기를 들고 왔다.

그날도 어김없이 나는 새장에 갇혀 있었다. 그날따라 거칠게 내동댕이쳐지면서 아버지가 연습시킨 상처들이 터져버렸다. 처음엔 어설퍼서 상처가 얕았는데, 최근 들어 점점 깊어졌다. 칼이 살을 뚫고 들어가는 느낌이 무엇인지 나 또한 이해하기 시작했다. 불안했다. 그래서 다른 때보다 더 강하게 반항했고, 결국 새장에 갇혔다. 그리고 새장 안에서 아버지가 부르기를 기다렸다. 아버지가 부르면 창문으로 다가가 까치발을 서야 했다. 창문 밖에서 내 눈알이 보이지 않으면 또 어떤 가혹함이 있을지 예상할 수 없기 때문이다. 그때 밖에서 모르는 목소리가 들려왔다.

나는 아직 부르지도 않았는데, 창문 근처로 가서 까치발을 섰다. 경찰 옷을 입은 사람이 보였다. 나는 급하게 입을 틀어막았다. 경찰이 아니라 그들 발아래에 있는 것을 보고 비명을 삼켰다.

"절대, 절대 이 비밀 지켜야 해! 알았지?!!"

"알았다고요. 크크큭."

아버지는 나와 다르게 잔뜩 신이나 있었고, 경찰은 그런 아버지에게 여러번 주의를 주었다. 그들 발아래에는 30대 후반으로 보이는 남자가 손발이 묶인 채로 기절해 있었다. 그는 사람보다는 붙잡혀온 짐승의 모양새였다.

"근데 누구라고?"

"바람나서 내 동생 버리고 간 호로새끼."

"오~ 다시 잘살아 보겠다고 돌아왔다고 들었는데, 아니었어요?"

아버지는 평범하게 대화를 하며 손을 움직였다. 수십 번 아버지의 작업을 봐온 나는 그가 무엇을 하려는지 정확하게 알았다. 그래서 더 힘껏 입을 막았다.

"이 호로새끼가 여자 쫓아 나가더니 애를 달고 들어왔잖아. 그걸 내 동생 보고 키우라고 애만 두고 다시 도망갔어. 이 개새끼, 짐승만도 못한 새끼……."

"근데 어떻게 찾았어요?"

"아 뭐, 그런 게 있어. 이쪽 업계에서 종종 쓰는 그런 루트."

경찰은 괜히 거들먹거리며 말했다. 하지만 오히려 그게 아버지를 자극했다.

"에이~ 뭔데? 그 루트라는 거. 나도 형님 루트 중 하나인데, 같이 좀 압시다. 알려준다고 해서 막히는 것도 아니고."

"그런 게 있어. 사설 업체 같은 거. 사람 찾아 주는 건데 정식 루트는 아니지만, 빠르고 나쁘지 않아."

"오~ 사립 탐정 그런 건가?"

"사립 탐정은 무슨…… 그냥 양아치 새끼들이지."

경찰은 하찮게 여겼지만, 아버지는 굉장히 흥미로워했다. 아버지는 서랍에서 필통같이 생긴 케이스를 꺼냈다.

"그건 또 뭐야?"

경찰이 질문했다.

"아아~ 이거 근육 못 쓰게 하는 약. 전기충격기는 대형 가축용이라 그걸로 하면 바로 죽어버리거든."

"정신 나간 새끼."

경찰이 아버지를 향해 중얼거렸다. 그 말을 듣고 아버지 손이 멈췄다.

"하지 말까?"

아버지는 웃으며 말했지만, 싸늘했다. 정적이 흘렀다.

"아, 아니. 그게 아니고~ 그래! 이 새끼가 정신 나간 새끼라고! 이 씨부럴 놈. 빨리 뒈지게 만들어!"

경찰은 버벅거리며, 바닥에 묶여 있는 자신의 매부 되는 사람 배를 걷어찼다. 그리고 두 번째로 걷어차려고 할 때 아버지가 남자의 목에 주삿바늘을 꽂았다. 남자의 목에 핏대가 굵게 드러나더니, '꺽꺽'하고 짐승 소리를 냈다. 그리고 곧 축 늘어졌다. 아버지는 잠깐 상태를 살피다가 묶은 손발을 풀어줬다.

"도, 도망가면 어쩌려고?!"

"조금 있으면 깨어나긴 하는데, 팔다리가 병신일 거라 괜찮아요."

"어, 어떻게 알아? 확실해?"

아버지는 또 씩하고 조용히 웃었다. 아까랑은 조금 다른 섬뜩한 미소였다. 아버지는 자신보다 훨씬 큰 남자를 가뿐히 둘러업고 남자의 얼굴이 바닥을 향하도록 해서 작업대 위에 눕혔다. 그리고 옷을 가위로 잘라 벗겼다. 아버지는 남자의 탄탄하고 부드러운 척추 곡선을 손끝으로 천천히 더듬었다. 그러자 남자가 깨어났다. 아버지 말대로 남자는 금방 다시 깨어나 소리를 질렀지만, 사지가 마비된 사람처럼 조금도 움직이지 못했다. 아버지는 짧고 끝이 뾰족한 칼을 가지고 와서는 경찰을 불렀다.

"형님."

아버지는 경찰을 정면 주시하며, 작업대 위 있는 남자의 척추에 칼을 꽂았다. 칼에 찔린 것도 비명을 지르는 것도 작업대 위의 남자였는데, 마치 경찰이 칼에 꽂힌 것 같은 표정을 지었다. 아버지는 환하게 웃으며, 경찰을 바라봤다.

"혀, 형님. 사, 살려 주십쇼! 사, 살려줘요!"

남자는 경찰을 향해 살려달라고 애원했지만, 경찰은 그 자리에 굳어 아무것도 하지 못했다. 아버지는 개의치 않고 계속 작업을 이어갔다. 아버지는 손목을 현란하게 움직여 남자의 척추뼈를 따라 칼질을 해대었다. 그 손을 바쁘게 움직이면서도 경찰의 시선을 물고 놓아주지 않았다. 칼끝이 남자의 꼬리뼈 부근에 닿고 나서야 시선을 돌리며 경찰에게 말했다.

"형님, 우리 상부상조하고 삽시다. 이미 돌아갈 수 없는 강을 건너오셨잖아요? 경찰이 말이야. 그치?!"

아버지는 키득거리며 작업대 위에 남자에게 말을 걸었다. 남자는 입에 거품을 물고 기절했지만, 안타깝게도 죽지는 않았다. 차라리 죽는 편이 나을 텐데. 그러면서도 나 역시 그 잔혹한 장면에서 눈을 떼지 못했다. 입을 틀어막은 손도 떼지 못했다. 그때 아버지가 내가 있는 쪽을 돌아봤다. 그리고 나와 눈을 마주치고 빙긋 웃어 보였다. 그야말로 '아버지의 미소'였다.

"쨍그랑!"

경찰과 아버지는 동시에 소리가 나는 쪽을 돌아봤다. 어머니였다. 작업대 위에 있는 남자를 보고 어머니는 주저앉았다. 어머니는 난도질 된 남자처럼 비명조차 지르지 못하고 어버버거렸다. 아버지는 손에 칼을 그대로 들고 어머니에게 다가갔다. 어머니는 일어서지도 못하고 엉금엉금 기어 도망갔다. 하지만 곧 아버지에게 머리채가 잡혀 끌려왔다. 옆에 서있던 경찰은 비위에 맞지 않았는지 더듬거리며 말했다.

"지, 집안일이니까. 내가 여기 있는 건 아닌 거 같네. 흠! 그럼 난 이만……."

경찰은 마지막까지 어처구니없는 말을 하고 도망치듯 가버렸다. 어머니는 머리채를 잡혔는데도 벙어리처럼 비명도 지르지 않고 버둥거리기만 했다. 아버지는 마치 고기를 다루듯 두껍고 굵은 손으로 어머니를 세게 내리쳤다. 그 한방에 어머니는 기절했다. 나 역시 같이 정신을 잃었다.

퀴퀴한 비린내가 코를 찔러 잠에서 깼다. 새장에 갇혀 지내면 이 냄새들을 조금 구분할 수 있게 되었다. 그리 오래되지 않은 콤콤한 비린내, 갓 죽은 짐승의 살덩이에서 나는 냄새이다. 아직 희미한 정신을 부여잡고 창가 근처로 가서 다시 까치발을 서서 밖을 내다봤다. 창가 근처로 다가가니 배설물 냄새가 섞인 진하고 역한 비린 내가 얼굴을 때렸다. 밖은 조용했다. 조심스럽게 밖을 살피다가 눈 앞에 펼쳐진 광경을 보고 뒤로 자빠졌다. 작업장에는 아주 깔끔하게 벗겨진 가죽이 빨래처럼 걸려 있었다. 살가죽에는 정확히 손가락 열 개 발가락 열 개가 달려 있었고 그런 살가죽이 두 개였다.

9.
마지막 의례

아버지의 얼굴이 생각나 버렸다. 마을에 들어올 때 택시에서 들은 노래가 왜 그렇게 익숙한지 깨달았다. 그의 절뚝거리는 걸음걸이가 왜 그렇게 친숙했는지 이제야 알았다. 마지막 통화가 생각나 급하게 일어났다. 머리가 핑하고 돌아 잠시 비틀거렸지만, 금방 중심을 잡았다. 그리고 곧장 밖으로 뛰어 나갔다.

　여전히 비가 오고 있었다. 맑은 하늘에 떨어지는 비는 마치 의미를 읽을 수 없는 아버지의 미소 같았다. 양손에 수갑을 찬 채로 빗속을 뛰었다. 진희를 찾아야 했다. 택시 아저씨, 아니 아버지를 진희에게 보냈으니 다음 희생양을 진희로 삼을 게 분명했다. 마음은 급한데 몸이 따라주지 않았다. 자꾸 중심을 잃고 왼쪽으로 점점 기울어져 걸었다. 그때 차 한 대가 나를 막아섰다.

　"작가님!"

　최변이었다. 그는 창문을 내리고 나를 불렀다. 창문 사이로 얼굴을 내밀고 나를 쳐다봤다. 그래서 나도 그를 빤히 쳐다봤다. 의도적으로 나에게 접근했다는 것이 괘씸했다. 그를 무시하고 다시 비틀거리며 뛰듯 걸었다. 최변은 집요하게 나를 쫓아왔다.

"지금 이러고 있을 때 아닌 거 아니에요? 고집부리지 말고 타세요."

그의 단호하고 뻔뻔한 태도에 기가 막혔다. 그래서 그의 말대로 옆좌석에 탔다. 그리고 다짜고짜 그의 멱살을 잡았다. 최변의 옷깃에서 주룩하고 물기가 묻어났다. 최변은 비에 쫄딱 젖어 있었다.

"살인자를 도와줘도 괜찮겠어요?!"

참았던 배신감이 기침처럼 튀어나왔다.

"······."

최변은 아무 대답도 하지 않고 와이퍼가 바쁘게 움직이고 있는 앞만 바라봤다. 규칙적으로 움직이는 와이퍼와 달리 내 심장은 그렇지 못했다. 하지만 내색하지 않으려 애썼다.

"스스로도 살인자라고 생각해요? 제가 변호해야 할 사람이 누구인지 이제 정해졌나요?"

여전히 나를 떠보는 것 같은 말투, 불쾌했다.

"그동안 얼마나 가소로웠을까. 그래서 넘겼어요? 내 노트들. 날 어떻게 하지 못해서 안달이 났죠?"

"뭐, 반반이죠."

최변은 조금도 당황하지 않고 대답했다.

"이번엔 직접 얘기해 봐요. 왜 나한테 접근했죠? 나에 대해서 언제부터 얼마나 알고 있었던 거예요? 또 어디까지 알고 있죠?"

나는 견디지 못하고 그에게 질문을 쏟아부었다. 이렇게 말하지 않고는 견딜 수 없었다. 그때 전화가 울렸다.

"일단 전화부터 받아요. 받아야 할 전화 같으니."

또 의미심장한 말, 나는 전화를 꺼내 봤다. '7900' 내 판도라 상자다. 열면 안 되는 걸 알면서도 열고 싶어 미칠 거 같았다. 결국 통화 버튼을 눌렀다.

"여보세요."

"아들."

소름 끼치는 목소리, 유쾌하지 않은 단어, 아버지였다. 역시 그도 알고 있었다. 언제부터, 어디까지 알고 있는 걸까? 나만, 오직 나만 모르고 있었다. 그 패배감과 수치스러움에 고개를 떨궜다. 중요한 순간에 배터리가 방전되어 전화가 끊겨졌다. 창밖에 낮게 날던 새가 아래로 추락하듯이 사라져 버렸다.

최변의 차가 금지된 호수 입구를 지나 더 깊은 곳까지 들어갔다. 네비게이션에는 호수도 길도 표시되지 않았다. 우리는 산 한가운데를 뚫고 지나가고 있었다. 더 이상 차로 갈 수 없는 곳까지 다다라서야 차를 세웠다. 잃어버렸던 기억만큼 깊숙이 있었던 나의 집, 나의 지옥에 도착했다. 이곳에 바로 왔다면 멀리 돌아 헤매지 않고 바로 기억이 났을 정도로 그대로였다. 특히 코를 찌르는 악취가 여전했다. 10여 년을 걸쳐 깊숙이 찌든 퀴퀴한 곰팡이 냄새와 시큼한 악취가 오묘한 조화를 이뤘다. 동시에 나는 비린내와 배설물 냄새는 무얼 의미하는지 나는 알고 있었다. 마치 빨려 들어가듯 안으로 성큼성큼 걸어 들어갔다.

"자, 잠깐……!"

최변은 코를 막고 내 뒤를 따랐다. 숨을 죽이고 조심스럽게 안을 살폈다. 너무나도 깨끗하게 정리되어 있는 작업실. 하지만 숨을 쉴 때마다 생선 썩은 내가 콧속으로 들어왔다. 얼마나 많은 영혼을 깨부쉈기에 이렇게 치우고 닦아도 그 악취가 사라지지 않는 걸까. 움직이다가 발밑에 무언가 걸렸다. 공? 아니, 사람 머리였다.

조심스럽게 그것을 돌려봤다. 젊은 남자였다. 한 번도 본 적 없지만, 그가 약사의 아들이라는 걸 단번에 알 수 있었다. 그 옆에 다른 공이 혀를 길게 내놓고 있었다. 말 많은 사람, 진희 이모였다. 죽는 순간까지 입을 다물지 못한 게 그녀답다고 생각했다. 그 옆에 더 많은 공이 공(空)이 되어 해골을 드러내고 있었다. 저 이는 누구일까. 나의 의문을 조롱하듯 한 해골의 이마에 노란 스티커가 붙어 있었다.

[보고 싶은 사람 찾아 드립니다.]

"이게 뭐야……."

최변이 뒤따라 들어오며 말했다. 처음 이 스티커를 대면했을 때가 생각이 났다. 유치하다고 생각했는데, 지금은 생각이 바뀌었다. 역시 진지하게 생각해 볼 문제였다. 보고 싶은 사람을 찾고싶다는 핑계로 의뢰한 이들은 이 살인에 어디까지 관여했을까? 아들을 잃은 약사도 열외로 할 수 있을까? 진희는, 진희는 아니라고 할 수 있을까? 혀를 길게 내밀고 있는 저 해골과 가장 빨리 작별하고 싶어 하던 건 진희가 아니었던가. 최변이 움직이다가 진희 이모 해골

지하실의 새

을 살짝 건드렸다. 그 해골은 굴러 어딘가에 부딪혀 '텅'하고 소리를 냈다. '탁!'이 아니라 '텅'이었다. 그 빈 소리를 쫓으니 바닥에 붙은 창문이 보였다. 반갑지 않은 '텅'이었다.

문손잡이를 잡았다. 단 한 번도 직접 열어본 적 없었던 새장 문, 밖에 잠금장치가 있는 것까지 새장과 닮아 있었다. 내가 이것을 직접 열고 들어가는 날이 올 거라고는 생각도 못했다. 문을 열자마자 악취가 얼굴을 강타했다. 식초를 들이부은 것 같은 시큼 텁텁한 냄새에 토악질하듯 기침을 했다. 약간 썩은 향수 같기도 했다. 그 냄새가 새장 구석에서 유난히 강하게 났다.

새장 구석에는 옷 무덤이 한가득 쌓여 있었다. 옷 주인이 누구인지 모르겠지만, 한 명이 아니라는 건 금방 알 수 있었다. 성별도 사이즈도 각기 다른 옷가지들. 공통점이 있다면 모두 어린아이의 옷이라는 것이었다. 그리고 말라붙은 피가 이 주인들이 어떻게 되었는지 알려 주었다. 시체가 한 구도 없음에도 지금까지 봐왔던 그어떤 살해 장면보다도 끔찍했다. 몇몇 옷가지에 매직으로 이름이쓰여 있는게 보였다. 나는 그것이 무엇인지 한 번에 알아볼 수 있었다. 아이들이 많은 보육원에서는 옷이 섞이는 것을 방지하려고옷에 각자의 이름을 적어 두었다. 옷더미 속 많은 옷 중에 각각 다른 이름이 적혀 있는데, 그중 한 옷이 눈에 띄었다. 쌓여있는 옷들과 어울리지 않는 부티나는 남자아이의 옷이 있었다.

"이, 이건······."

최변이 내 손에 있던 옷을 채갔다. 그리고 그 작은 옷을 움켜쥐고 파르르 떨었다. 그것에 대해 질문을 할 여유도 없이 밖에서 인기척이 들렸다. 조용히 창밖을 내다봤다. 창밖으로 체구가 큰 남자가 묶여 있는 게 보였다. 남자의 등이 부풀었다가 꺼지는 것을 보니 아직 죽지는 않은 것 같았다. 하지만 왜 그 혼자지? 그렇게 생각하고 있을 때 옆에서 목소리가 들렸다.

"아들."

목소리가 들리는 쪽으로 고개를 돌렸다. 새장 문 앞에서 아버지가 싱긋 웃으며 서 있었다.

"이제 까치발을 안 서도 되네?"

아버지는 그렇게 말하고는 휙 하고 사라졌다. 나는 바로 그를 쫓아갔다.

"잠깐, 작가님!"

최변이 나오기 전에 새장 문을 잠갔다. 문이 부서져라 두드리는 최변을 뒤로하고 아버지를 쫓아 작업실로 나갔다. 하지만 아버지는 보이지 않았다. 일단 바닥에 쓰러진 남자에게 다가가 그를 일으켜 세웠다. 준이었다.

"윽."

준의 이마에서 피가 홍건하게 흘러내렸다. 나보다 더 크고 무거운 그를 끌어다가 벽에 기댈 수 있게 해주었다. 준은 신음하며 더듬더듬 말했다.

"지, 진희. 진희를……."

"진희? 진희가 왜요?"

"그년, 찾을 필요 없다."

뒤를 돌아보니 아버지가 서 있었다. 그는 싸늘하고 살기 어린 표정으로 나를 바라보고 있었다. 아버지는 나를 빤히 바라보다가 핸드폰을 꺼내 어디론가 전화를 걸었다. 그런데 내 옆에서 진동이 울렸다. 준의 핸드폰에는 "jin-hui"라고 이름이 떴고, 아버지는 보란 듯이 진희의 핸드폰을 들어 보여주었다.

"그년 찾을 필요 없다고 했지?"

"당신……, 진희 어떻게 했어?!!"

"남을 걱정할 여유가 있는 거 보니. 그동안 생활이 기름지긴 했나 보구나?"

오랜만에 마주하는 광기 어린 아버지의 얼굴, 그는 나에게 불만이 가득해 보였다.

"그래, 그동안 이 아빠 이야기 팔아먹고 생활이 좀 나아졌니? 얼마 벌었냐? 돈 많이 주디?"

아버지의 말 한 마디 한 마디에 내 주변 공기가 점점 줄어드는 것 같았다. 숨쉬기가 힘들었다.

"이 아빠가 아주 깜짝 놀랐어요. 네가 아직 내 곁에 있는 줄 알았지 뭐야?"

아버지는 성큼성큼 나에게 다가와 내 목을 졸랐다. 그리고 나지막하게 속삭였다.

"너, 어떻게 알았어."

정말 숨을 쉴 수 없었다. 그가 내 숨통을 완전히 조이지 않았는데도 숨을 쉴 수 없었다. 잠수를 배우면서 숨 쉬는 법을 제대로 배웠다고 생각했는데, 무용지물이었다. 나를 노려보는 그의 눈빛에 금방이라도 먹혀들어 갈 것 같았다.

"적당히 해~"

아버지 뒤로 소장의 목소리가 들렸다. 아버지는 내 목을 놔주었다. 아아…… 이 구성, 이 구도, 그때와 똑같았다. 달라진 건 깊어진 이들의 관계 뿐이었다. 이제 누가 덫이었는지 그것도 희미해진 것 같았다. 그런 줄 알았다.

"쟤네, 처리할 거지?"

소장이 말했다. 그리고 소장의 말에 아버지는 그저 씩 웃었다. 그때 나는 봤다. 아버지가 신경이 거슬릴 때 나타나는 버릇을.

"지금 나 충분히 곤란해! 더 시끄러워지기 전에 정리해."

소장은 명령조로 아버지에게 말했다. 그의 말에 아버지의 귀가 마치 날개처럼 들썩였다. 아버지는 화가 날 때면 하는 버릇이 있었다. 아버지 귀의 날갯짓을 볼 일은 그리 많지 않았다. 굳이 화를 참지 않고 바로 때리거나 죽였기 때문에 그 날갯짓을 할 필요가 없었다. 하지만 나는 그의 뒷모습을 지켜봐 왔기 때문에 그의 버릇을 잘 알고 있었다.

"곤란했어요? 누구 때문에? 나 때문에?"

순식간이었다. 아버지 주먹은 소장의 얼굴을 세게 가격했다. 소장은 그 한방에 작은 신음조차 낼 틈도 없이 쓰러졌다. 아버지는

230

여전했다. 강함도 여전했고, 무자비한 것도 변함이 없었다. 여전히 내가 감히 덤빌 수 없는 상대였다.

"내가 낳은 자식은 아니지만, 마음으로 길렀으니 너를 참 잘 알고 있다고 생각했는데 말이야. 그래서⋯⋯."

아버지는 그렇게 소장을 쓰러뜨려 놓고는 다시 나에게 다가와 자신의 살인 행각을 어떻게 알았는지 그것만 추궁했다.

"어떻게 알았냐고?!!"

죽기 너무 좋은 타이밍, 이 삶을 굳이 이렇게 힘들게 지속할 필요가 있을까? 작은 희망도 없이 이 잔인한 서사를 지켜보는 것에 이제 너무 지쳤다. 그때 준의 핸드폰이 반짝였다. 모르는 발신 번호였지만, 분명 진희의 문자였다.

[준! 어디예요? 전화 좀 받아요. 저 아직 만나기로 했던 곳에 있는데, 올 수 있어요?]

이미 새드 엔딩을 보고 온 나에게 다시 희망 고문이 시작됐다. 하지만 기꺼이 그 고문에 응하며, 아버지가 알아차리기 전에 재빨리 시선을 돌렸다.

"기대 마라. 난 너 안 죽여, 그냥은."

"그게 무슨⋯⋯."

아버지는 준을 들쳐업었다. 그리고 얼굴을 바닥에 향하게 하고 작업대 위에 눕혔다. 18년 전 그때와 똑같았다. 그다음이 벌써 머릿속에 그려져 속이 울렁거렸다.

"고기가 세 개인데, 네 녀석이 제일 말랐잖냐. 두 개를 먼저 시장에 내놔야지. 너는 그다음이야."

　도저히 이해할 수 없는 말에 넋을 잃은 표정을 지었다. 그런 내 표정을 보고 아버지는 기세등등한 표정으로 말했다.

　"이것까지는 몰랐나 보지? 내가 어떻게 몇십 년 동안 흔적도 없이 이것을 할 수 있었는지? 근데 이것까지 네가 알면, 넌 정말 죽어줘야 하는데 괜찮겠어? 안 그래도 네가 쓰는 글 나부랭이 때문에 내가 아주 난감해서 널 정말 잘 작업할 수 있을 거 같거든."

　순간 속에서 올라오는 것을 삼키며 대답했다.

　"어차피 살릴 생각도 없잖아요. 그럼 뭘 알아도 상관없는 거 아닌가?"

　아마 겁도 같이 삼켜버린 것 같았다. 인지하지 못하고 있었는데 어느샌가 말도 더듬지 않았다. 아버지는 그런 나를 보며 그저 즐겁다는 듯 키득키득 웃었다. 그리고 입을 쩝쩝거리는 시늉을 하고 바로 말을 붙였다.

　"먹었어."

　아까 억지로 삼킨 것들을 결국 참지 못하고 바닥에 쏟아냈다. 아버지는 바지를 터는 시늉을 하며 비아냥거렸다.

　"에이~ 더럽게. 설마 내가 먹었겠니? 난 그런 취미 없어."

　"그, 그럼……."

　나는 입을 닦으며 되물었다.

　"네가 도망갔을 그 무렵 말이다. 고깃값이 진짜 많이 올라서 이 아빠가 얼마나 힘들었는지 알아? 내가 고기 납품하던 곳에서도 그

수량을 줄여버리니 잘 손질한 고기도 다 썩어서 버렸단 말야."

아버지는 자신의 이야기보따리를 풀면서 손을 움직이기 시작했다. 작업 칼을 하나씩 꺼내고 준의 윗옷은 가위로 잘라 벗겼다, 그때처럼.

"백만 원어치 고기를 그대로 쓰레기통에 버린 거야!! 아까운 고기를!! 근데 마침 그때 저 형님이 기가 막힌 아이디어를 줬지 뭐냐."

아버지는 서랍에서 필통을 꺼내 쓰러진 소장에게 다가갔다. 그리고 가차없이 주사를 목에 꽂았다. 소장은 불에 구워지는 오징어처럼 손가락을 오므리며 꿈틀거리더니 그대로 굳었다.

"염병, 이래서 오래된 고기는 안 돼, 쯧."

나는 새장 창문을 슬쩍 쳐다봤다.

"인간은 돼지랑 비슷한 거 알지?"

"에?"

"한돈이라고 하고 팔았어."

"그게 무슨……!."

"사람 처리해 주고 백, 그 고기 팔고 백, 고기도 공짜, 시신 처리도 공짜. 이 좋은 걸 안 할 이유가 없잖아? 게다가 너도 알지? 이 손맛."

아니, 난 모른다. 그 손맛 따위 모른다. 한때 나도 중독되었다고 착각했지만, 역시 아니다. 아버지는 칼끝으로 준의 등을 간지럽혔다. 그리고 칼 손잡이를 바꿔 쥐고 날을 세웠다.

"제가! 제가 할게요."

아버지를 멈추려고 아무 말이나 내뱉었다. 아슬아슬하게 아버지 칼을 멈춰 세웠지만, 그다음에 할 수 있는 게 없었다. 그래서 내가 가장 잘하는 것을 하기로 했다. 이야기를 시작했다.

"어, 어떻게 알았냐고 하셨죠? 매일 같이 상상했어요. 아버지가 가르쳐 준 것들…… 그렇게 비슷했어요?"

나는 뻔뻔하게 팔을 걷어 난도질 된 피부를 보여줬다. 마침 얼마 전까지 자해했던 상처가 터져 피가 흐르고 있었다.

"아버지 작업, 잊지 않으려고 얼마나 열심히 연습…… 했는데 요."

입에 침을 바르지 않아서 입술이 더 바짝 말라왔다. 들키지 않으려고 대신 입술을 세게 깨물었다. 다행히 아버지의 흥미를 사서 칼은 아버지 손에서 내 손으로 쉽게 옮겨졌다. 아버지는 눈짓으로 준을 가리켰다.

"아버지는……."

아, 역겨웠다. 내 입으로 '아버지'라고 말하는 게 역해서 속이 울렁거렸다.

"근데 왜 그러신 거예요?"

"뭘 말이냐?"

다시 새장 창문을 슬쩍 쳐다봤다. 그리고 말했다.

"아이들은 살이 작고 또 적잖아요. 근데 왜…….."

어디까지나 추측이었지만, 그의 입을 통해서 분명히 듣기 위해

과감히 미끼를 던졌다. 나는 다시 새장의 창문을 힐끗 쳐다봤다. 귀 바로 아래에서 심장이 뛰는 것 같았다. 귓가가 시끄러워 아버지가 하는 말이 잘 들리지 않을까봐 잠시 숨을 참았다.

"그래서 한 번에 잡았잖냐."

아버지의 순진무구한 표정은 내 예상이 적중했다는 것을 알려 줬다. 하지만 추리의 성공은 쾌감이 아닌 불쾌감을 주었다.

"여덟 명을 잡으면 뼈 무게 제외하고 80킬로는 나오니 돼지 한 마리 값은 되는 거지. 그리고 열다섯 살을 넘기지 않은 어린애들은 맛이 달라서 찾는 사람이 꽤 많아. 물론 나는 손맛만 봤지만."

그가 덧붙인 파렴치한 대답에 기가 막혀 아무 말도 못 했다.

"너무 매정하다고 생각하지 마라. 이 아버지는 적당한 가정을 찾지 못해 난처해하는 이들의 어려움을 해결해 줬을 뿐이라고. 뭐, 전부 갈 곳 없는 애들은 아니었지만. 한 명이 모자라서 그럼 수가 안 맞았거든."

잔인하지만, 아버지의 말이 부디 새장 안에 있는 그에게 똑똑히 들렸길 바랐다.

"설마 이제와서 네 친구들이다. 이거냐?"

그때 준의 손이 눈에 들어왔다. 그는 가운뎃손가락을 치켜들며 나를 엿 먹이고 있었다. 나는 피식 웃었다. 덕분에 연기를 이어갈 수 있었다. 준의 피부 위에 날을 세웠다. 그리고 아버지를 힐끗 올려다보고 웃으며 말했다.

"설마요."

바로 날의 방향을 바꿔 아버지에게 휘둘렀다. 하지만 아버지에게 단번에 제압당해 고꾸라졌다. 깨어난 준이 뒤에서 아버지를 덮쳤다. 아버지보다 체격이 훨씬 우위인 준은 아버지를 번쩍 들어 내동댕이쳤다. 하지만 감정이 없는 사람은 통증도 없는 것인가. 아버지는 아파하는 기색도 없이 곧바로 일어나 칼을 주워 들어 준의 발목을 그었다. 그 순간에도 아버지는 눈을 감고 칼끝을 느꼈다. 준은 발목을 부여잡고 쓰러져 고통스러워했다.

"방금 자른 건 아킬레스건이라 당장 손쓰지 않는다고 해서 죽진 않아. 근데 병신이 될지도 모르겠다."

아버지는 해박한 지식을 뽐내며, 쓸데없이 친절하게 굴었다. 그렇게 준을 위로하고 다시 내 곁으로 다가왔다. 그리고 내 위에 올라타 죽지 않을 만큼 내 목을 지그시 눌렀다.

"봤지?"

여러 가지에 대한 물음이었다. 그의 물음을 아무도 이해할 수 없을 것이다. 하지만 나는 알 수 있었다.

대답할 수 없었다. 대신 눈을 깜박였다. 아버지는 광기 어린 얼굴로 웃으며 말했다.

"그래, 그럴 줄 알았어. 그래서 이 아버지가 너를 얼마나 애타게 찾았는지 아니?!!"

그래, 내가 그의 덫에 들어온 게 맞다. 그가 어설프게 던져 놓은 덫에 치밀하고 신중하게 걸려든 것이다. 그게 아버지인 줄 알았다면, 필사적으로 도망쳤을 텐데 후회하기엔 너무 늦었다.

236

"내가 가장 벗기고 싶었던 껍데기가 바로 네 얼굴이었어."

아버지는 거칠게 숨을 쉬며 내 얼굴에 칼을 가져다 댔다. 내 얼굴 위로 물방울이 떨어졌다.

"이 건조한 얼굴 아래에 나를 이해해 줄 네가 숨겨져 있을 거라고 믿었어. 네 싹을 난 봤다고. 그런 네가…… 네가 없어졌을 때 얼마나 허망했는지 아니?"

아버지의 말을 이해할 수 없었다. 나는 그 잔혹함에 단 한 번도 고개를 끄덕인 적이 없었다. 그는 어떤 착각을 하고 있는 것일까? 그때 뒤에서 준이 다시 반격을 했다. 아버지는 뒤를 돌아보지도 않고 정확하게 그의 우측 옆구리에 칼을 꽂았다. 아버지가 그 작은 체구로 그동안 어떻게 고기들을 도륙했는지 알 수 있었다. 이건 주저하는 순간 지는 싸움이었다. 오래된 분노까지 터진 아버지는 폭주 기관차 같았다. 지금의 아버지는 그 누구도 막을 수 없을 것 같았다. 그보다 더 냉혹하고 분노한 사람이 나타나기 전까진.

아버지는 내 목을 더 조였다. 이번엔 진짜로 숨을 쉴 수 없었다. 아버지는 왜 나를 칼이 아닌 손으로 죽이려 드는 걸까. 그때 준이 포기하지 않고 아버지의 옷자락을 잡아당겼다. 붉게 달아오른 준의 얼굴을 보고 그제야 그가 누구인지 기억이 났다.

어머니의 껍데기를 목도한 그날, 난 새장에서 필사적으로 도망쳤다. 필사적으로 살고 싶었던 게 아니라 그렇게 벗겨지고 싶지 않아서 도망쳤다. 그렇게 날것으로 벗겨지느니 차라리 죽는 게 나았다. 작은 창문을 통과하고, 피가 흥건한 작업실 바닥을 기어 그 지옥을 빠져나왔다. 호수를 거의 빠져나왔을 때 나는 거의 시궁창에서 나온 생쥐 꼴이었다. 그때 한 남자아이를 만났다.

그는 마치 나를 마중 나온 것처럼 기다리고 있었다.

"너, 몇 살이야?"

남자아이가 물었지만, 대답하지 못했다. 기억이 나지 않았다. 하지만 그가 나보다 형인 것은 분명해 보였다.

"내 동생이랑 비슷해 보이네. 이번 주에 내 동생이 오니까 소개시켜 줄게."

"……."

그는 너무 아무렇지 않게 내 손은 잡고 걸었다.

"언젠가 여기서 나가서 내가 동생을 만나러 갈 거야. 여긴 그야말로 지옥이거든. 그런데 이건 비밀이야. 일단 천국이라고 착각이라도 해."

아이는 조잘조잘 혼자 잘 떠들었다. 그가 말하는 대부분이 이해할 수 없었지만, 가만히 있었다. 여기 만조리가 지옥이라는 그의 말에 동의가 되었으니까.

"그땐 너도 같이 가자."

그는 왜 처음 만난 나에게 그런 제안을 한 걸까? 하지만 역시 묻지 않았다. 그의 얼굴이 금방이라도 터져버릴 거 같아 물어볼 수 없었다. 하지만 보육원을 먼저 떠난 건 나였다. 또 아이는 동생을 만나러 가는 것이 아닌, 이 지옥으로 다시 찾으러 오는 처지가 되었다. 이제서야 기억이 났다. 준희 형과 진희, 이 남매가.

"야! 정신 안 차려?!"

준이 나를 향해 소리를 쳤다. 그는 말을 할 때마다 옆구리에서 피가 흘러 나왔다. 아버지에게서 벗어나려고 있는 힘껏 그를 밀쳤지만 역부족이었다. 아버지는 마치 단단한 돌덩이 같았다. 너무 안간힘을 쓴 탓에 입안이 터졌다. 신맛과 피 맛이 뒤섞여 마치 상한 토마토를 먹는 것 같았다. 절망감이 어떤 맛이냐고 하면, 이 맛일지도 모르겠다. 거의 포기 상태가 됐을 무렵 둔탁한 소리가 들리더니 갑자기 몸이 가벼워졌다. 눈앞에 최변이 서 있었다.

최변은 아버지를 힘껏 걷어찼다. 아버지의 무거운 몸은 바닥에 쓸려 미끄러졌다. 최변은 거칠게 숨을 내쉬며 아버지를 노려봤다. 아버지는 바로 옆에서 두꺼운 절단 칼을 주워 들고 최변에게 달려들었다. 칼은 묵직하게 공기를 가르며 위협적인 소리를 냈다. 하지만 최변은 날렵하게 피했다. 그리고 다시 한번 아버지를 걷어찼다. 아버지는 아직 살이 마르지 않은 해골 무더기 위로 쓰러졌다. 정적이 흘렀다. 아버지도 일어나지 않고 조용했다. 최변은 겁도 없이 성큼성큼 그에게 다가갔다. 잠잠하던 아버지는 다시 일어나 손에 잡히는 대로 아무거나 던졌다. 최변은 날아오는 것들을 피하다가 하나를 잡았다. 진희 이모였다. 머리만 남은 그녀는 초면인 최변에게 예의 없이 혀를 내밀었다. 그녀의 무례함에 최변이 한눈을 팔고 있는 사이 아버지는 준의 옆구리에서 칼을 뽑아 최변의 종아

리를 세로로 길게 갈랐다. 양쪽에서 비명이 하모니를 이뤘다. 잔인
했지만, 아버지의 손놀림이, 칼부림이 예술적으로 보였다. 내가 벌
써 미친 걸까? 아버지는 칼을 다시 고쳐 들고 쓰러진 최변에게 다
가갔다. 흐름이 바뀌었다.

"너는 내가 두 번째로 작업해 줄게. 저쪽 고기가 지금 피가 많이
빠져서 빨리 작업을 해야 하거든."

아버지 뒤에 쓰러져 있는 준은 거의 미동이 없었다.

"이거 하나만 물어보자. 왜, 왜 내……"

최변은 입에 고인 피를 한번 삼키고 다시 말했다.

"최서원, 6살 남자아이, 왜 죽였어?!"

아버지는 곰곰이 생각하다가 뻔뻔한 표정으로 말했다.

"아아, 한 놈이 부족해서, 그래서 보고 싶을까 봐 그 녀석만 머리
를 돌려보내 줬는데? 나름 특혜를 준거라고?!"

최변은 이성을 잃고 짐승처럼 소리를 지르며, 아버지에게 달려
들었다. 나도 칼을 주워들고 아버지 뒤로 달려갔다. 처음으로 날을
세우지 않고 앞으로 찔렀다. 손에 묵직함이 전해졌다. 아버지의 뒤
통수를 찌른 칼도 묵직했고, 두개골을 칼끝으로 뚫은 느낌도 묵직
했다. 뾰족한 칼끝의 느낌이 투박한 손잡이에 그대로 전해졌다. 아
마 아버지가 취한 마약이 이런 것일지도 모르겠다.

밖에서 시끄러운 소리가 들렸다. 나는 정신을 차리고, 재빠르게
아버지 손에 있는 칼로 내 팔을 그었다.

"뭐 하는 거예요?!!"

최변은 기겁을 하며 나에게 소리쳤다. 평소보다 더 깊었지만, 오히려 아프지 않았다.

"아직 제 변호사인 거 유효해요?"

"네?"

밖에서 경찰들이 쏟아져 들어왔다. 여경도 작고 빠른 보폭으로 총을 들고 들어왔고, 그 뒤에 박 형사가 따라 들어왔다. 박 형사는 나에게 다가와 수갑을 채우며 말했다.

"당신을 살인 공모 및 특수 살인 용의자로 체포합니다. 묵비권을 행사할 권리가 있으며, 당신이 하는 말은 법정에서 불리하게 적용될 수 있고……."

"잠깐."

최변이 절뚝거리며 다가와 나를 연행하려는 박 형사를 붙잡았다.

"제가 변호사입니다. 수사 관련해서는 저를 통해서 얘기하시죠."

"너…… 하, 현장에 있었던 당신도 참고인으로."

"수사엔 모두 적극 협조할 겁니다."

최변은 또 박 형사의 말을 가로챘다. 박 형사는 인상을 찌푸렸지만, 최변의 다리에서 흐르는 피를 보고 아무 말도 하지 않았다. 박 형사는 다시 나를 연행했다.

"잠깐! 진희는? 진희는요?"

여경을 향해 소리쳤다. 여경은 조용히 고개를 끄덕였다. 작게 안

도의 한숨을 내쉬고 박 형사를 따라 작업장을 나갔다. 마지막으로 고개를 돌려 새장을 한번 바라봤다. 비가 멈췄다. 공기가 상쾌했다. 태어나서 이렇게 청량한 공기는 처음 맡아봤다. 퀴퀴한 곰팡이 냄새도, 비릿한 피 냄새도 없는 깨끗한 공기였다.

지하실의 새

10.
날지 않는 새

먹잇감을 본 기자들은 무섭게 달려들어 쪼아 댔다. 그들은 신랄했다. 투박하게 미화한 내 글과는 차원이 달랐다.

18년 만에 잡힌 연쇄 살인 용의자 김 모 씨의 범행이 사회에 큰 충격을 일으키고 있습니다. 김 모 씨는 택시를 운전하는 것을 이용해 마을뿐만 아니라 인근 관광지와 그 외 지역을 오가며 범행을 저지른 것으로 알려졌습니다.

김 모 씨가 18년 동안 저지른 약 13건의 살인은 공통적으로 피부와 신경을 절단했으며, 시신의 신체 일부를 도려내는 수법을 썼습니다. 특히 모든 시신의 신체를 절단하는 것은 신원을 파악하지 못하게 하기 위함으로 추측했으나, 담당 수사관은 그 외에 다른 이유가 있는 것으로 파악돼 추가 조사가 필요하다고 말했습니다. 김 모 씨는 다양한 곳에서 범행을 저질렀으나 대부분은 본인 소유의 작업장에서 이뤄진 것으로 보이며, 해당 작업장에서는 총 9구의 시신 일부가 추가 발견되었습니다. 대형 도축 기계에서 머리 3구가 발견되었고, 곳곳에서도 신체 일부가 발견되었습니다. 9개의 시신 외에도 인근 호수에서 유기된 시신이 발견되어 아직 조사 중이라고 수사과에서 보고했습니다. 현재까지 발견된 시신 일부를 조사한 결과 성별, 나이, 그 부패 정도가 각각 다른 것으로 보아 최근까지도 범행을 지속한 것으로 보인다고 담당 수사관이 말했습니다.

용의자는 현장에서 범행을 저지르던 중 몸싸움 끝에 사망했으며, 그 상대는 최근 살인 일기로 이슈가 되었던…….

책장에 새로운 노트를 꽂았다. 여전히 수사는 진행 중이지만 '살인 일기'라는 오명이 벗겨지면서 노트들을 돌려받았다. 모조리 버릴까 하고 고민도 했지만 그러지 않았다. 하룻밤의 꿈에 의미 부여하지 않기로 했다. 버리는 순간 그것은 의미를 가지게 될 것이고 의미를 가지는 순간 나는 그 꿈에 계속 얽매이게 되는 것 같았다.

준에게 그때 묻지 못한 것을 물었다.

"왜 그때 같이 가자고 한 거야?"

"너는 살아남을 거 같아서."

"어? 그게 무슨……"

"혹시라도 내가 도망가다가 실패하면, 살아서 내 동생에게 내 생사를 알려 줄 사람이 필요했거든. 내 동생이 나를 찾으러 여기에

246   지하실의 새

오지 못하게……."

"도망치다니. 루치아는, 보육원은 내가 살았던 곳 중 가장 안전했어."

"그래, 어쩌면 네게는 그랬을지도 모르겠다. 생지옥에서 지옥으로 넘어왔으니. 그래도 너는 운이 좋은 편이었어. 나도."

내가 운이 좋다니. 태생부터 새아버지, 양부모까지 바닥에 떨어진 내 운명은 단 한 번도 맑은 구름은 탄 적이 없었다.

"루치아 보육원은 양육장이었어. 우린 어딘가로 납품되기 위한 물건에 불과했고."

"뭐? 하지만 수녀님이 있었잖아."

"수녀? 그 사람은 검은 옷을 입은 악마지 수녀가 아니야. 돈만 준다고 하면 헐값에도 아이를 팔았지. 시끄럽고 귀찮은 애들을 돈 주고 데려가겠다는데, 그 악마가 망설일 이유가 있겠어? 네 아버지도 거래를 하던 사람 중 하나였고, 그때부터 우린 인간도 아닌 가축의 수준까지 떨어진 거지."

"말도 안 돼. 그럼 어떻게……."

"더 비싸게 사겠다는 사람이 있었던 거지, 너랑 나는."

준은 피식하고 웃었다. 그 뱉어낸 웃음에 슬픔이 묻어났다.

"그래서 운이 좋았다고, 비싸게 팔려서. 그렇게 살아남을 수 있었던 거야, 우린."

책장에 꽂아둔 노트를 다시 꺼냈다. 그리고 노트를 가지고 경찰

서로 갔다. 멀리 박 형사가 보였다. 그는 나를 제대로 쳐다보지 못했다. 그건 나도 마찬가지였다. 우리 둘은 그렇게 마주 서서 한참 동안 말을 시작하지 못했다. 내가 먼저 그에게 조용히 노트를 건넸다.

"이게 뭔지는 묻지 마세요, 저도 설명할 수 없으니. 이걸 드리는 이유는 형사님이 찾는 아이가 여기에 없길 바라서예요."

박 형사는 조용히 노트를 받아들었다. 나는 바로 돌아섰다. 그러자 박 형사가 입을 열었다.

"우리 딸도 새를 좋아했어요."

나는 눈을 질끈 감았다. 더 듣고 싶지 않았다. 부디 모든 게 꿈같은 얘기이길 바라며, 자리를 떠났다.

꿈을 꿨다. 새가 되지도 않았고, 새장에 갇히지도 않았다. 나는 반바지와 반팔을 입고 호수 근처를 걸었다. 그렇게 얼마간 걷다가 자리를 잡고 앉아 호수에 발을 담갔다. 호수 아래를 내려다봤다. 그 아래는 죽은 사람도 걸쭉한 피도 흐르지 않았다. 그저 맑고 투명한 물 속엔 내가 비쳐 보였다.

호수를 둘러싼 나무들 사이에서 피비린내 대신 기분 좋은 새소리와 청량한 바람이 불어왔다. 생에 처음으로 꾸는 '평범한 꿈'이 너무나 낯설게 느껴졌다. 하지만 그런 꿈을 꾸고 있었다. 이것이 나의 꿈이다.

팔 안쪽에 딱지가 앉았다. 비행은 끝났다. 새는 더 이상 날지 않는다.